스켈레톤 마스터

WISHBOOKS GAME FANTASY STORY
더페이서 게임 판타지 장편소설

스켈레톤 마스터 10

더페이서 게임 판타지 장편소설

초판 1쇄 찍은 날 | 2019년 3월 20일
초판 1쇄 펴낸 날 | 2019년 3월 27일

지은이 | 더페이서
펴낸이 | 예경원

기획 | 위시북스
편집책임 | 이규재
편집 | 위시북스

펴낸곳 | 예원북스
등록번호 | 제396-2012-000132호
등록일자 | 2012. 7. 25
KFN | 제1-385호

주소 | 경기도 고양시 일산동구 호수로 646-24 위너스21 II빌딩 206A호 (우)10401
전화 | 031-819-9431 팩스 | 031-817-9432
E-mail | yewonbooksnaver.com

ISBN 979-11-6424-183-5 04810
　　　979-11-89348-43-4 (set)

스켈레톤 마스터
10
WISHBOOKS GAME FANTASY STORY
더페이서 게임 판타지 장편소설
Wish Books

스켈레톤
마스터

••• CONTENTS •••

제1장
공헌도 사용

경매는 구경만으로도 퍽 흥미로웠다. 몇 번 보긴 했지만, 이곳 비공개 경매는 어마어마한 액수들이 오가고 있었다.

-네, 11번 참가자. 5,600골드. 5,600골드 나왔습니다. 더 없습니까. 세 번 호가하겠습니다. 5,600골드. 5,600골드…….

그때 누군가가 팻말을 들었다.

"6천."

현금으로 따지면 무려 6천만 원이었다.

-9번 참가자, 6천 골드 나왔습니다. 6천 골드! 열기가 아주 뜨거운데요. 다시 한번 말씀을 드리자면 지금 보시는 물건은…….

이번 물품이 6번째. 시간이 지날수록 좋은 물건이 나오니 흥미롭지 않을 수가 없었다.

다음에는 뭘까.

"생각보다 조촐해서 놀랐나?"

"네?"

"갑자기 준비해서 물건이 많지가 않았네."

"어, 그게……."

전혀 조촐하지 않았다.

"그래도 자네 물건은 최고니까 걱정 안 해도 될 걸세."

"아, 네."

그건 조금도 걱정하지 않았다.

이거, 참. 확실히 경험하지 못하면 실감할 수 없는 세상이 있는 법인가 보다. 무혁도 꽤 큰 금액에 여러 가지 아이템을 팔아왔다고 자부했건만 이건 정말 상상 초월이었다.

-다음은 7번째 물품으로…….

그렇게 9번째 물품이 끝나고.

-드디어 대망의 마지막 물품입니다.

아뮤르 공작이 몸을 일으켰다.

"잠깐 다녀오지."

"아, 네."

어딜 가는지는 알 수 없지만 고개를 끄덕이는 무혁이었다. 이내 다시 고개를 정면으로 하여 경매 상황에 집중했다.

-바로 이것입니다!

지도가 떠올랐다.

본래라면 마지막 물품으로 왜 지도냐고 웅성거렸겠지만 이번에는 그런 반응이 없었다. 이미 정보를 습득하고 온 자가 대부분이었기 때문이었다.

-이 지도에는 고대 던전의 위치가 정확하게 표기되어 있습니다. 유니크도 아니고 무려 고대 등급의 던전이 말이죠. 게다가 이 지도에 대한 공증인이 있는데 그분의 정체가 아주 놀랍습니다. 무려 헤밀 제국의 아뮤르 공작님이십니다!

뒤쪽에서 아뮤르 공작이 나타났다. 가면을 벗고 있었다.

"진짜군."

"아뮤르 공작이라니……."

"호오."

이 지도가 거짓일 확률은 거의 제로에 가까워졌다. 아뮤르 공작의 이름값은 충분히 그 정도의 가치가 있었으니까.

더 이상의 설명은 필요가 없으리라고 봅니다. 그럼 지금부터 고대 던전의 위치가 그려진 지도의 경매를 시작하겠습니다. 시작 가격은 5천 골드입니다.

팻말이 여러 개 올라왔다.

-5,500골드, 6,000골드 나왔습니다! 아, 곧바로 6,500!

끼이익.

경매의 열기가 뜨거운 가운데 아뮤르 공작이 돌아왔다.

"시작부터 열기가 뜨겁군."

"그러게요."

사실 일루전 홈페이지를 통해서 고대 던전의 위치를 팔았다면 기껏해야 1억 정도에 거래가 성사되었을 것이다. 물론 그것도 큰 금액이지만 유저에게는 최초라고 할 수 있는 고대 던전에 대한 가치로는 적당하지 않았다.

물론 어쩔 수 없는 일이었다. 아무런 보증이 없기 때문이다. 금액이 클수록 사람은 더더욱 의심을 하게 마련이니까.

하지만 지금 치러지는 비공개 경매는 확실한 보증, 아니, 공증인이 있었다. 바로 아뮤르 공작이었다.

덕분에 가격이 무섭게 치솟고 있었다.

-1번 참가자, 8,900골드! 네, 곧바로 6번 참가자 9,200골드를 부릅니다!

그 순간이었다.

-아, 11번 참가자 무려 1만 골드를 불렀습니다!

현금으로 하면 1억이었다.

"이제 시작이군."

그랬다. 보유 자금이 가장 많다고 알려진 몇 곳이 드디어 팻말을 들기 시작한 것이다.

-7번 참가자, 진심으로 축하드립니다. 낙찰 금액은 52,000골드입니다.

5억 2천. 큰돈을 너무나 쉽게 만져 버렸다.

성민우와 반으로 나눈다면 정확하게 2억 6천이 되리라.

아니, 수수료 떼면 조금 모자라겠네.

전부 주고 싶은 마음도 있지만 그러면 오히려 성민우가 불편해할 게 뻔했다. 친구 사이이기에 이런 돈 관계는 오히려 칼같이 정확해야 할 필요도 있었으니까.

"괜찮은 가격에 팔렸군."

"솔직히 이 정도 금액에 팔릴 거라곤 생각 못 했지만요."

"고대 던전은 그만한 가치가 있지."

곧이어 노크 소리가 들려왔다.

똑똑.

아뮤르 공작이 들어오라고 하자 문이 열렸다.

"대금입니다. 수수료 1퍼센트를 제외했습니다."

"수고했네."

"그저 감사할 따름이지요."

"다음에도 잘 부탁하네, 가보게."

[돈 주머니]
51,480골드가 들어 있습니다.

손이 살짝 떨려왔다.

"하, 하하……."

허탈한 웃음이 나올 지경이었다.

"자네, 아직 간이 작군."

"그러게 말입니다……."

무혁은 고개를 털어내며 돈주머니를 인벤토리에 넣었다.

"가세."

공작과 함께 비공개 경매장을 빠져나갔다.

거금이 인벤토리에 있어서일까.

흥분이 좀처럼 가시질 않았다.

덕분에 헤밀 제국에 도착하기까지의 시간이 매우 짧게 느껴졌다. 순식간이라고 여겨질 정도로 말이다.

"벌써 다 왔군."

"그러게요. 아, 공작님."

문득 떠오른 생각에 그를 불렀다.

"왜 그러나."

"부탁 하나만 더 드려도 될까요?"

"말 해보게."

"헤밀 제국 공헌도를 사용하고 싶습니다."

"공헌도 사용이라……."

아뮤르 공작이 고개를 끄덕였다.

"좋지. 자네가 더 강해진다면 의뢰 성공 가능성도 높아질 테니까. 안 그런가?"

"그럼요."

"그럼 시간이 될 때 동료와 함께 날 다시 찾아오게나."

"알겠습니다."

"그럼 그때 보도록 하지."

아뮤르 공작이 기사와 함께 성내로 들어갔다. 무혁은 그 모습을 잠깐 지켜보다가 등을 돌렸다.

이제 품에 들어온 골드를 현금으로 바꿀 때였다.

1골드에 만 원씩.

[등록되었습니다.]

[350골드가 판매되었습니다.]

[40골드가 판매되었습니다.]

[1,100골드가…….]

1시간도 되지 않아서 51,480골드 전부가 판매되었다. 무혁은 로그아웃을 한 후 통장을 확인했다.

농협 입금 463,320,000원

잔액 500,167,348원

수수료를 제외하고 들어온 금액.

"4억 6천……!"

홍분을 가라앉히고 성민우에게 전화를 걸었다.

-어, 왜?

"받네?"

-푹 쉬었으니까. 이제 접속하려고 했지.

"그래? 잠깐 나와라."

-왜?

"고대 던전 팔았다."

-벌써?

"어. 홍대에 있는 돼지 한 마리, 알지?"

-알지. 거기로 가마!

"20분 안으로."

-오케이!

허, 참.

운전을 하면서도 어이가 없었다.

하루에 4억 6천이라니. 허탈하면서도 황당했고 또 그런 감정과 상반되는 흥분도 덩달아 치솟았다.

이해하지 못할 여러 가지 감정을 끌어안고서 약속 장소에 도착해 주차를 마친 무혁이 내부로 들어갔다.

"몇 분이세요?"

"둘이요. 한 명은 조금 있다가 올 거예요."

자리를 잡고 앉은 후 삼겹살 3인분을 주문했다.

"여기 나왔습니다."

삼겹살이 나오니 성민우가 도착했다.

"어어."

"왔냐. 앉아라."

고기를 구우면서 휴대폰을 보여줬다.

"판매 금액이야."

"스크린 샷?"

"어, 정확하게 해야지."

"뭐, 이런걸."

"5천 골드?"

"……."

성민우는 무혁의 시선을 무시한 채 눈을 비볐다.

"어, 시바. 눈에 고기가 들어갔나."

"크큭, 뭐래."

"이게 잘 안 보이잖아. 내가 미친 건가. 습기가 차서 숫자가 겹치나 봐."

"보는 게 맞아. 등신아. 5만 골드야. 정확하게 말하면 51,480골드."

"지, 진짜라고……?"

"어."

"자, 잠깐만. 1골드에 만 원이니까……."

"하긴. 나도 엄청 놀랐으니까."

"흐아, 이게 진짜란 거지?"

"어. 다 팔았고 수수료 빼고 4억 6천 들어왔다. 여기."

입금된 문자도 보여줬다.

"허어, 미친."

"내일 은행에 가서 보낼 테니까 계좌 번호나 보내놔."

"그, 그래. 허, 근데 왜 이렇게 비싸게 팔렸지? 난 5천 정도 예상했었는데. 그것도 대박이라면서 속으로 좋다고 만세를 불렀는데, 후우……."

"아뮤르 공작한테 부탁 좀 했거든."

"아뮤르 공작?"

"어, 비공개 경매로……."

있었던 일을 얘기하자 성민우가 탄성을 내뱉었다.

"크으, 역시 대단하다."

"아무튼 딱 절반으로 나눈다?"

"당연하지. 딱 나눠."

"크, 고기가 더럽게 맛있네."

"술도 달다."

오랜만에 먹는 삼겹살과 소주가 훨씬 더 맛있었다.

다음 날. 무혁은 운동을 마치고 집으로 돌아가는 길에 은행에 들렀다. 번호표를 뽑고 잠깐 기다린 끝에 순서가 찾아왔다.

"뭘 도와드릴까요."

"계좌 이체요."

직원이 종이를 내밀었다.

"여기 받으실 분 이름이랑 금액 적으시고요. 본인 신분증이랑 통장이나 카드 주세요."

"네."

무혁은 먼저 종이에 있는 공란부터 채웠다.

성민우. 이억삼천일백육십육만 원.

그리고 서류와 신분증, 그리고 카드를 함께 건넸다.

"여기요."

직원이 서류를 먼저 확인했다.

"어, 음……."

당황한 표정이 물씬 풍겼다.

"이거 금액이 ……."

"네."

"2억 3천……."

"맞아요."

"아, 알겠습니다."

직원이 서둘러 업무를 진행했다.

"처리되었습니다."

동시에 출금되었다는 문자가 왔다.

"수고하세요."

"아, 네."

은행을 나온 무혁은 성민우에게 문자를 보냈다.

[돈 보냈다.]

[지금 확인했어. 대박…….]

[엄청나지?]

[지릴 뻔.]

[일루전은?]

[10분 안으로 접속함.]

예린에게는 퀘스트를 잠깐 멈추고 오라고 말했다.

[알겠어, 오빠.]

[그래, 조금 있다가 헤밀 제국 광장 앞에서 보자.]

집에 도착한 무혁은 옷만 갈아입고 일루전에 접속했다.

아뮤르 공작과 비공개 경매장으로 향했을 때 입게 된 간편한 복장을 유지한 상태로 광장으로 향했다. 평소 아이템이었다면 시선을 끌었을지도 모르겠지만 지금은 아니었다.

여유롭네.

무난한 복장의 무혁에게 관심을 갖는 유저는 없었다. 평소에는 이렇게 다니는 것도 괜찮겠다 싶었다.

"오빠!"

"어, 왔어?"

"응!"

달려와 안기는 예린.

"으차!"

그녀의 아름다움에 남성 유저들의 시선이 몰렸다. 무혁 본인의 유명세로 인한 시선이 아니라 여자 친구가 예뻐서 생긴 시선이라 그런 걸까.

"흠, 흐흠."

괜히 어깨가 으쓱거렸다.

"헤헤, 보고 싶었어."

"나도."

예린과 알콩달콩 있는데 성민우가 다가왔다.

"공공장소에선 예의를!"

"오냐."

"크흠. 그보다 휴식은 끝? 용병 의뢰받으러 가냐?"

"아니, 그전에 아이템부터 바꿔야지."

"갑자기 무슨 아이템?"

"아뮤르 공작한테 공헌도 사용하게 해달라고 했거든."

"헙……!"

성민우의 격한 반응에 예린이 고개를 갸웃거렸다.

"오빠, 무슨 소리야. 그게?"

"따라오면 알아."

"치, 궁금하단 말이야."

"이건 모르고 와야 더 기쁘거든."

"으음, 알겠어!"

그렇게 두 사람을 데리고 성내로 진입했다. 아뮤르 공작의 저택에 도착하자 기사가 무혁을 알아봤다.

"잠시만 기다려 주십시오."

얼마 지나지 않아 안내자가 내려왔다.

"따라오시면 됩니다."

아뮤르 공작이 세 사람을 보며 입을 열었다.

"그래, 동료들인가?"

"네."

"강철주먹이라고 합니다."

"예린이라고 해요."

"다들 반갑군. 일단 앉지."

모두 자리에 앉자 다시 입을 열었다.

"그래, 공헌도를 사용하고 싶다고 했나?"

"네."

"알겠네. 사전에 허락했던 내용이니 시간을 끌 필요는 없겠지. 공헌도 한도 내에서 마음껏 골라보게."

"감사합니다."

고대 던전을 발견하기 전, 대략 120레벨 정도부터 지금까지 헤밀 제국에서만 지냈다. 용병 의뢰를 깨뜨릴 때도 명패 덕분에 보상이 더 좋았기에 쌓인 공헌도가 상당했다. 그 대부분을 이번에 사용해 버릴 작정이었다.

"밖에 누구 있나."

"예."

문이 열리고 기사 한 명이 보였다.

"중요한 손님들이다. 내 개인 창고로 안내해 드려라."

"알겠습니다."

길이 복잡했지만 안내 덕에 쉽게 도착할 수 있었다.

"여깁니다. 잠시만 기다려 주십시오."

기사가 문을 지키는 자에게 명패를 내밀었다. 그러자 문을 지키던 자가 마법적인 장치를 풀었다.

천천히 열리기 시작하는 쇠문.

"우, 우와……!"

입구부터가 예사롭지 않았다.

"즐거운 시간 되시길."

안으로 들어서자 문이 닫혔다.

성민우는 눈을 부릅뜨며 서둘러 아이템들을 확인하기 시작했고 예린은 굳어버린 채 움직이지 못하고 있었다.

"오, 오빠. 이거 뭐야?"

그녀는 커진 눈으로 무혁에게 물어왔다.

"공헌도는 알지?"

"으응!"

"의뢰 깨면서 얻은 공헌도를 여러 가지 방법으로 사용할 수 있거든. 지금처럼 귀족의 개인 창고에 들어오는 것도 그중에 한 가지야. 여기 아이템 보면 필요 공헌도가 나와 있어. 공헌도가 많을수록 아이템도 많이 얻을 수 있는 거지. 일종의 공헌도 상점이라고 보면 돼."

"그, 그래도 이런 건……."

"좀 놀랐지?"

"너무, 너무 놀라는 중이야."

"괜찮아. 진정하고 천천히 둘러봐. 시간은 많으니까."

무혁의 말에 예린이 심호흡을 했다.

"알겠어. 고마워, 오빠."

"그래."

무혁은 그녀의 머리를 쓰다듬어 준 후 등을 돌렸다.

그럼, 나도 한번 살펴볼까.

황제 아래에 있는 공작의 개인 창고였다.

어떤 아이템들이 있을까. 기대감으로 가슴이 두근거렸다.

첫 번째부터 '역시'라는 생각이 들었다.

[뱉어버린 듯 타오르는 단검]

드래곤의 가장 강력한 공격이라는 브레스. 거기에 영향을 받은 모든 것은 불타 바스러진다. 그 마지막에 남는 것은 세상을 태워버린 브레스의 잔해뿐인데 그 잔해를 모아 검신에 스며들도록 만들었다고 한다.

공격력 185

추가 공격력 +20

공격 속도 +11%

이동속도 +8%

특수 옵션 : 강타

내구도 350/350

사용제한 : 힘 70, 민첩 90.

[필요 공헌도(헤밀) : 1,450]

필요 공헌도가 엄청나게 높기는 했다. 무려 1,450점. 위브라 제국에서 얻은 몇 가지 아이템보다 더 높은 수치였다.

뭐, 구입은 할 수 있지만, 딱히 필요가 없었다.

단검을 내려놓은 채 다른 물건을 훑어봤다.

한참을 봤지만 구입할 정도로 무혁에게 딱 맞는 아이템은 없었다. 조금 쉴 겸 성민우에게 다가갔다.

"크으, 죽인다!"

그는 쉴 새 없이 감탄을 내뱉는 중이었다.

"그렇게 좋냐?"

"어, 끝내줘! 이걸로 해버릴까. 아, 안 돼. 더 좋은 게 있을지도 모르잖아."

"미친놈."

고개를 저으며 예린에게 다가갔다.

"뭐 해?"

"아, 반지 하나 보고 있었어. 이거 어때 보여?"

옵션을 확인해 봤다.

"괜찮은데?"

"그치? 헤헤."

"이걸로 하게?"

"음, 고민 중이야."

그러면서 아래에 놓인 귀걸이를 집어 드는 예린이었다.

"와, 예쁘다……."

아무래도 성능보다는 외관에 더 치중한 감이 있지만, 아무렴 어때라. 본인의 만족이 가장 중요한 것이니까.

검, 방패, 갑옷, 등등. 수십 개를 확인했을 무렵.

"어……!"

생각지도 못한 아이템을 발견해 버렸다.

제2장
그로이언 세트

그것은 벽에 걸려 있었다. 마찬가지로 벽에 걸린 다른 아이템들 역시 하나같이 뛰어났었지만 무혁에게는 필요성이 그리 크지 않았다.

　하지만 지금 손에 들린 이 갑옷은 달랐다. 그에게 있어 가장 필요하다고 할 수 있는 아이템이었기에 이처럼 흥분을 감추지 못하고 있는 것이었다.

　여기에 이게 있을 줄은…….

　가슴이 거칠게 뛰었다.

　두근두근.

　애를 써도 심장의 떨림이 가라앉지 않았다.

　"후아."

　그냥 지금의 상태를 즐기기로 한 무혁이 아이템을 다시 한 번 확인했다.

[그로이언의 갑옷]

방어력 30

마법 방어력 35

지혜 +4

모든 스탯 +1

MP 회복률(20) 상승

충격 흡수 +4%

내구도 400/400

사용 제한 : 그로이언의 시험을 통과한 자.

[필요 공헌도(헤밀) : 3,000]

마법사이자 뛰어난 검사였던 그로이언. 그의 아이템 중에 하나를 아뮤르 공작의 개인 창고에서 발견하게 된 것이다.

필요 공헌도 3천. 지니고 있는 걸 전부 사용해야 할 수준이었지만 그럼에도 고민은 필요가 없었다.

무조건 구입이지.

아마도 아뮤르 공작 역시 그로이언의 갑옷에 대한 가치를 어느 정도는 알고 있을 것이다.

그렇기에 벽에 걸어놨을 것이다. 하지만 한 가지, 사용 제한이 마음에 걸렸으리라. 그 탓에 공헌도를 더 높게 책정하지 못한 것일 테고.

아닌가? 아무렴 어떠랴.

아뮤르 공작이 이걸 어떻게 얻었는지는 중요하지 않았다. 중요한 것은 이걸 손에 넣을 수 있다는 점이었으니까.

[구입하시겠습니까?]
[Yes/No]

[공헌도(3,000)가 차감됩니다.]
[남은 공헌도는 120입니다.]

그로이언의 갑옷이 손에 들어왔다.
감회가 새로웠다.
"아아……."
과연 어떤 세트 효과를 얻을 것인가.
정열의 갑옷을 해제하고 그로이언의 갑옷을 장착했다.

[그로이언의 반지가 성장합니다.]
[그로이언의 벨트가 성장…….]
[그로이언의 세트 효과(3)가 발동됩니다.]

[그로이언의 세트 효과(3)]
1. 윈드 스텝
2. 풍폭
3. 잠력 격발

[잠력 격발]

신체 능력을 일순간 폭발적으로 증가시키는 힘이다. 사용할 경우 HP와 MP가 30% 차오르며 5분 동안 모든 신체 능력이 15% 증가한다.

단, 24시간에 한 번만 사용할 수 있으며 사용한 이후 30분 동안은 모든 능력치가 20% 하락한다.

무혁의 미간이 살짝 찌푸려졌다.

조금 아쉽긴 한데. 기대감이 컸던 탓일까.

실망감이 제법 있었지만 생각해 보면 결코 나쁜 스킬이 아니었다. 일종의 목숨 하나라고 보면 되나.

HP와 MP의 회복. 그리고 능력의 상승. 이것은 위기의 순간, 굵고 튼튼한 동아줄이 되어줄 것이 분명했다.

그래, 충분해.

게다가 그로이언의 갑옷을 얻게 되면서 다른 부위도 성장하게 되었다. 사실 세트 효과가 없더라도 하늘에게 감사해야 할 정도였으니 더 말해서 무엇할까.

얼마나 좋아졌는지 볼까.

일단은 벨트부터 확인했다.

[그로이언의 벨트(3차 성장)]

지혜 +10

힘 +8

체력 +8

MP 회복률(65) 상승

내구도 150/150

사용 제한 : 그로이언의 시험을 통과한 자.

힘, 지혜, 체력이 2씩 더 오르고 MP회복률은 20, 내구도도 30이나 올랐다.

"크으……!"

절로 감탄이 튀어나올 지경이었다.

그렇다면 팔찌는? 반지는?

[그로이언의 팔찌(3차 성장)]

지혜 +9

지식 +5

MP(150)

MP 회복률(50) 상승

내구도 150/150

사용 제한 : 그로이언의 시험을 통과한 자.

[그로이언의 반지(3차 성장)]

지혜 +11

지식 +5

MP(150)

MP 회복률(45) 상승

내구도 130/130

사용 제한 : 그로이언의 시험을 통과한 자.

하지만 이 중에 가장 기대되는 건 갑옷이었다. 아무런 성장이 없었을 때는 사실 옵션이 조금 부족한 면이 있었다.

다른 그로이언 아이템으로 인해서 1차와 2차 성장을 뛰어넘어 단번에 3차 성장을 이루게 될 것이다.

그 옵션은 과연 어느 수준일까.

"후우. 확인."

홀로그램이 시야를 가득 채웠다.

[그로이언의 갑옷(3차 성장)]

방어력 50

마법 방어력 55

모든 스탯 +5

지혜 +8

충격 흡수 +7%

MP 회복률(65) 상승

내구도 550/550

사용 제한 : 그로이언의 시험을 통과한 자.

주먹이 바르르 떨려왔다.

대, 대박이다.

정열의 갑옷도 상당히 괜찮은 아이템이었다. 성장하지 않은 그로이언의 갑옷보다 더 좋은 물건이기도 했다.

하지만 3차 성장을 마친 그로이언의 갑옷은 그런 것과는 비교를 불허하고 있었다.

감히 네까짓 게 나와 비교를 한다고?

그렇게 단호하게 엄포를 놓는 것만 같았다. 아이템 하나의 차이로 인해 엄청난 성장을 이뤄 버린 것이다.

이게 세트를 모으는 이유지.

강력한 희열을 느끼며 무혁은 입구로 향했다.

성민우와 예린을 기다린 지 대략 1시간.

"아직 멀었냐……?"

"어, 잠깐만!"

"오빠, 나도 하나만 더 고르면 돼."

두 사람은 아직도 아이템을 찾아 창고를 휘젓고 있었다.

쩝. 하긴 이런 기회가 흔치 않으니까.

사실 무혁도 그로이언의 갑옷을 발견하지 못했다면 저 두 사람처럼 창고 곳곳을 헤매고 있을 터였다. 그렇기에 이해하면서 기다리고 있었지만 그래도 1시간이 지나니까 서서히 짜증이 치밀고 있었다.

"아직……."

"잠깐만!"

"오빠, 기다려 봐!"

무혁은 깊은 한숨을 토하며 눈을 감았다.

잠깐 나갔다 올까?

그런 생각을 하고 있는데 문득 시선이 느껴져 눈을 떴다.

"뭐하냐? 다 골랐는데."

"나도 끝."

"어, 그래? 하아, 그럼 가자."

"오케이!"

노크를 하자 문이 열렸다.

"후아."

드디어 나왔다는 생각을 하며 무혁은 아뮤르 공작을 찾아 갔다. 그에게 선택한 아이템이 뭔지 알려줄 생각이었지만 그는 자리를 비운 상태였다.

"제가 다녀갔다고 말하겠습니다."

"그래 주시면 고맙겠네요."

기사에게 언질을 남긴 후 무혁은 저택을 나섰다.

"용병 길드로 갈 거지?"

"아니."

"그럼?"

"내가 아뮤르 공작한테서 퀘스트를 하나 받았거든."

"그래? 같이 깨려고?"

"가능하면?"

파티를 맺은 후 공유를 해봤으나 되지 않았다.

[공유 불가 퀘스트입니다.]

"공유가 안 되네."

이미 안 될 거라고 예상은 하고 있었다.

알리지 말라고 했었으니까.

"그럼 뭐, 혼자 깨야지."

"괜찮겠냐?"

"당연히 괜찮지. 아니, 오히려 좋은데? 사실 최근 좀 빡세긴 했잖아."

"그렇긴 했지."

"요번에 대박도 터뜨렸고 며칠만 더 쉬게. 흐흐, 제대로 놀면서."

무혁이 피식 웃었다.

"그래, 너답다."

다음으로 예린을 쳐다봤다.

그녀도 괜찮다는 표정이었다.

"나도 어차피 퀘스트 깨던 중에 온 거라서."

"그럼 서로 퀘스트 깨면 되겠다."

"응, 그리고 이번 주말에 오는 거지?"

"당연하지."

"알겠어."

"어이, 난 간다!"

성민우가 먼저 멀어지고.

"헤헤, 나도 갈게!"

"응."

"뽀뽀!"

그녀의 입술이 부드럽게 닿았다.

"주말에 봐!"

"어어!"

그녀를 바라보다 흑마법사의 마지막 연구소로 향했다.

가는 길에 만나는 몬스터들.

"스켈레톤 소환."

일일이 귀찮게 직접 처리할 필요는 없었다.

"쓸어버려."

명령 한 번이면 족했으니까.

키아아아악!

아머나이트 29, 부르탄 1, 히드라 1, 검뼈 17. 아머아처 15, 활뼈 8. 아머메이지 7, 메이지 14. 아머기마병 5, 기마병 12. 군마를 제외하고 총 109마리.

스켈레톤 군단이 몬스터 한두 마리를 압박하는 모습은 언뜻 보면 다수가 소수를 핍박하는 것으로 느껴지기도 했다.

"부, 불쌍하다."

"그치?"

"어, 몬스터가 설마 저렇게 안타깝게 느껴질 줄이야."

주변 유저들의 목소리가 들려왔다.

불쌍하기는 무슨.

무시하려는데 한 가지 정보가 귀에 꽂혀왔다.

"조폭 네크로맨서겠지?"

"아니면 가능하겠냐."

"나도 그냥 다시 키울까. 사냥이 더럽게 쉬워 보이네."

"아서라. 키운 것도 아깝고 생각보다 좋지도 않다더라."

"헛소문이지, 뭐."

"글쎄. 신빙성은 꽤 있던데……."

인기가 식을 때가 되긴 했지.

얼마 지나지 않아 많은 유저가 조폭 네크로맨서를 외면하게 될 것이다. 무혁처럼 칭호를 얻거나 숨은 퀘스트를 깨뜨리면서 스탯을 높이지 않는 한은 말이다.

뭐, 나랑은 상관없으니까.

다시 몬스터가 등장했다.

쓸어!

길을 막는 몬스터를 도륙하며 빠르게 나아갔다.

어느 순간 유저의 수가 줄어들었다. 진군 속도도 줄었다.

나타나는 몬스터의 레벨이 최소 130이었기 때문이다.

"흐음."

몬스터가 스킬을 사용하기 시작하는 100레벨이 되면 유저들은 사냥에서 극악한 난이도를 경험하게 된다.

사실 초기 랭커들이 100레벨 이상의 몬스터와 싸울 때는 많이 죽기도 했었다. 일루전 본사에 항의도 했었고.

하지만 일루전은 뻔한 말로 유저들을 상대했다.

[내용 : 일루전은 극한의 자유를 자랑하는 곳으로…….]

결국 아쉬운 자가 숙일 수밖에.

그렇게 유저들은 극악의 난이도에 익숙해져 버렸다. 지금은 불만과 불평보다는 호평이 많았다.

[내용 : 몬스터 난이도가 높아지니까 지루하지가 않더라.]

[내용 : 한 마리, 한 마리 잡을 때마다 가슴이 떨린다. 긴장감에 식은 땀이 흐를 지경이다. 그런 전투를 계속해서 할 수가 있다. 물론 몇 마리 잡으면 지쳐서 쉬어야 하지만 덕분에 센스가 많이 늘었다.]

[내용 : 전투 감각이 높아져서 PK도 쉽게 당하지 않는다. 좋다.]

무혁도 사실 난이도가 높은 게 좋았다.

왜냐고? 그게 더 재밌으니까.

그리고 지금. 그에게도 극악의 난이도라 할 수 있는 흑마법사의 마지막 연구소가 자리 잡은 알포노 산맥. 그 초입에 들어섰다. 그나마 초입이라면 아직 여유가 있을 시점.

잠력 격발이나 사용해 볼까.

무혁은 새롭게 얻은 스킬이 어느 수준일지 직접 확인해 보기로 했다.

132레벨 몬스터, 랩터. 날렵한 도마뱀이 거대해진 모습이라고 해야 할까.

벨로시랩터? 그 공룡이랑 비슷하기도 했다.

다만 일반적인 피부 대신 강철 같은 피부를 지니고 있어서 한눈에 봐도 매우 단단하다는 것을 알 수 있었다. 발톱까지 길어서 마치 검을 여러 자루 장비한 모양새였다.

무혁은 먼저 아머나이트를 앞으로 보내어 놈을 포위하게 만든 후 소환수들에게 풍폭을 걸어줬다.

"후아, 한계네."

MP가 바닥을 드러냈을 즈음. 익스체인지 스킬로 HP를 MP로 돌린 후 다시 풍폭을 걸어줬다.

다시금 MP가 바닥났을 때.

잠력 격발, 새로 얻은 스킬을 사용했다.

[HP와 MP가 차오릅니다.]
[5분간 모든 능력치가 15퍼센트 상승합니다.]

윈드 스텝.

세상이 무너지는 기분이었다. 겨우 15퍼센트라고도 할 수 있겠지만, 그 15퍼센트가 안겨준 경험은 지금까지의 것들을 송두리째 엎어버렸다.

움직이는 속도, 그와 비례하여 가까워지는 몬스터 랩터.

순간적으로 이 속도를 컨트롤할 수 있을지 의문이 들었다.

다행스럽게도 감각 또한 증가한 모양인지 랩터가 휘두르는 앞발이 생각보다 느리게 느껴졌다.

이 정도라면 여유롭게 피할 수 있을 것 같았다.

흐읍!

몸을 살짝 틀면서 랩터의 측면으로 돌아갔다.

직후 손에 들린 검을 휘둘렀다.

풍폭이 걸린 상태였기에 폭발이 일어났다. 소리가 먼저 꽂혔고 뒤늦게 일어난 불꽃이 시야를 채울 때, 무혁은 이미 랩터의 반대쪽에 위치한 상태였다.

빠르다, 빨라……!

검을 마구잡이로 휘둘렀다.

삭, 사사삭.

그러면서도 놈의 공격을 여유롭게 피해냈다.

느려진 세상을 걷는 기분. 짜릿한 경험이었다.

게다가 쉽게 죽지 않아서 더 좋았다. 새롭게 얻은 스킬을 제대로 실험할 수 있었으니까. 130레벨이 넘는 몬스터이기에 방어력과 HP 모두 뛰어난 덕분이었다.

물론 이대로 계속 공격을 한다면 잡아내겠지만 굳이 그럴 필요까지는 없었다. 무혁의 목적은 어디까지나 스킬의 효력이었으니까. 충분히 경험했기에 놈과 거리를 벌렸다.

"후우……."

윈드 스텝을 해제하면서 시간의 흐름도 본래대로 돌아왔다. 약간의 어지러움이 느껴졌지만 그 역시 매우 짧았기에 큰 문제는 아니었다.

좋은데?

잠력 격발의 효과는 대만족이었다.

목숨 한 개의 가치가 아니야.

본래라면 이길 수 없는 놈을 쓰러뜨릴 수도 있을 필살기 수준이었다. 다만 유지 시간이 5분이고 사용한 이후 페널티가 있기에 신중함은 필수였다.

스켈레톤이 있으니까 그 단점도 조금은 커버가 되리라.

무혁은 발광하는 랩터를 바라보다 고개를 끄덕였다.

놈이 스킬을 사용했는데 치유 계열이었는지 상처가 아물어 버렸다. 저런 치유 계열은 사실 무혁에게는 큰 문제가 되지 않았다. 수로 밀어붙이면 되기 때문이었다.

그럼, 처리하자고.

스켈레톤을 지휘했다.

검뼈, 돌진. 기마병, 돌진.

검뼈와 기마병이 랩터의 지적으로 향했고.

키아아아악!

쾅, 콰과과광!

놈의 공격이 닿는 순간 폭발했다. 풍폭의 영향이었다.

대미지를 입은 녀석에게 쏘아진 메이지의 마법들, 그리고 연이어 날아가는 아머아처와 활뼈의 뼈 화살까지. 이어진 아머나이트와 아머기마병의 스킬은 랩터를 녹여버리기에 부족함이 없었다.

어……?

그러면서 깨달은 사실 하나.

"하, 그랬구만."

무혁의 신체 능력, 즉 스탯을 포함한 모든 수치가 상승하면서 스켈레톤들 역시 조금이지만 강해졌다는 점이었다.

"다들 고생했어."

무혁은 만족스레 웃으며 스켈레톤을 칭찬한 후 다시 앞으로 나아갔다.

스켈레톤들은 전부 마계로 보낸 상태로 로그아웃을 했다. 저녁을 먹기 위해서였다.

뭘 먹을까 고민하다가 간단하게 배달을 시키기로 했다.

1만 5천 원짜리 고급 도시락을 주문한 후 일루전 홈페이지를 돌아다녔다. 이것저것 확인하다가 메일함에 들어갔는데 눈에 익은 제목이 보였다.

일루전?

[내용 : 반갑습니다. (주)일루전입니다. 전에 메일을 보냈는데 답장이 없어서 다시 한번 연락드립니다. 저희 일루전은……]

일루전TV에 참가해 달라는 내용에 파일까지 첨부되어 있었다.

[내용 : 임시 계약서를 보내드리오니 한번 보시고 관심이 생기시면 연락 부탁드립니다.]

임시 계약서라.

무혁은 커서를 옮겨서 파일을 다운로드 받았다.

"호오?"

가장 먼저 눈에 들어온 것은 역시나 돈.

계약금만 3천?

게다가 매달 최소 500만 원을 보장해 주겠다는 내용까지 있었다. 단 1주일에 최소한 18시간은 방송을 해야 한다는 조건이 달려 있었다.

조금 더 읽어 내려가던 무혁의 눈이 상당히 커졌다.

"허! 진짜야, 이거?"

7조 1항의 내용 때문이었다.

일루전TV의 시청자가 건네는 쿠폰은 1개에 100원이며 그 중에서 무려 85원을 무혁에게 지급한다는 적혀 있었다.

확실히 돈이 되긴 하겠네.

하지만 역시 고민되었다.

귀찮은데……

돈이 많으면 좋지만 다른 유저들처럼 재밌게 할 자신이 없었다. 게다가 가족들 역시 형편이 괜찮았고 말이다.

과거에야 무혁 본인이 전신 마비가 되면서 가족이 파산했다지만 지금은 여유롭게 잘 지내고 있는 형편이었다.

아니, 잠깐만.

문득 궁금해졌다.

진짜 잘 지내고 계신가?

사실 부모님이 어떤 상황인지 잘 모르고 있었다. 그냥 '잘 지내고 있겠지'라고 당연하게 생각해 버렸으니까.

"으음."

한참을 고민하다가 강지연에게 전화를 걸었다.

-어, 뭐야.

"혹시 요즘에 집에 뭔 일 있어?"

-일?

"어, 뭐 돈이 필요하다든가."

-없을걸?

"그래?"

-어, 그거 물어보려고 전화했냐? 끊어!

다행히 생각대로 집에 큰일은 없는 모양이었다.

그럼 돈 걱정은 없지만······.

그래도 대화 정도는 나눠도 괜찮을 것 같았기에 메일 아래에 적힌 연락처로 문자 하나를 보냈다.

[내용 : 안녕하세요. 무혁이라고 합니다. 메일 잘 받았습니다. 그런데 제가 낯을 좀 가려서 방송을 잘할 수 있을지 모르겠네요.]

곧바로 전화가 걸려왔다.

"네."

-안녕하십니까. 일루전TV의 팀장, 박현식입니다. 조폭 네크로맨서로 활동하고 계신 무혁 님 맞으신가요?

"아, 네."

-문자 잘 받았습니다. 낯을 가리신다고요?

"네."

-사실 일루전TV가 시청자와의 교류라서 재미가 있으면 좋지만 꼭 그렇게 해야 하는 건 아닙니다.

"그럼요?"

-그냥 일루전TV를 켜놓고 게임을 진행하시는 거죠. 그러면 궁금한 시청자가 들어와서 수시로 보고는 합니다. 굳이 인기를 얻어야 한다는 강박을 가지지 않으셔도 된다는 거죠.

"흠, 그래도 될까요?"

-물론입니다. 일루전의 영향력은 그 정도로 크니까요. 게다가 현재는 초기라서 방송하고 계신 유저 분도 그리 많지 않으니 괜찮습니다.

시청자와 교류하지 않아도 된다? 무혁에게도 딱 맞았다.

그럼 굳이 마다할 필요는 없지.

"그 정도라면 뭐……."

-긍정적으로 생각해 주셔서 감사합니다. 계약서도 작성해야 하니 자세한 내용은 만나서 이야기하는 게 어떨까요.

"좋죠."

-그럼 제가 찾아가겠습니다.

"아뇨, 제가 가죠."

-아, 그러시겠습니까? 그럼 일루전 본사…….

"네, 그럼 내일 점심에 가겠습니다."

-알겠습니다.

전화를 끊고 의자에 기대었다.

일루전 본사 구경도 좀 하고 내일은 여유 자금으로 주식도 늘릴 생각이었다.

딩동.

이런저런 생각을 하고 있는데 벨이 울렸다.

"배달 왔습니다!"

"아, 네!"

계산한 후 도시락을 들고 들어와 빠르게 먹어 치웠다.

"으, 배부르다."

이를 닦고 곧바로 일루전에 접속했다.

[마계에서 경험치를 획득하셨습니다.]
[마계에서 경험치를……]
[아머나이트2가 역소환……]

가장 먼저 보이는 메시지였다.

다 죽었네.

마계 경험치는 아직 스탯을 올리기에 부족했다.

"스켈레톤 소환."

해서 곧바로 스켈레톤을 소환한 후 알포노 산맥의 초입을
거닐었다. 나타나는 랩터를 처리하며 조금씩 연구소와의 거리
를 좁혀 나갔다.

다음 날. 9시가 되자마자 휴대폰으로 증권사 어플을 켰다.
현재 주당 가격은 640만 원. 무혁은 1억 9,200만 원을 투자해
서 30주를 매수했다.

쩝, 2억으로 겨우 30주라니.

현재 무혁이 지닌 일루전 주식은 총 170주.

그래도 엄청나긴 하지.

문득 상황이 재밌다는 생각이 들었다. 일루전으로 번 돈을
일루전 주식에 투자하고 있는 지금의 모습이 말이다.

뭐, 앞으로도 그러겠지만. 과연 몇 주나 모을 수 있을까.

이것도 하나의 재미였다.

흠, 다른 사람들은 어쩌려나.

호기심에 종목토론 게시판에 들어가 보니 게시물 곳곳에 배당금이란 단어가 보였다. 클릭해서 들어가니 올해부터 배당금을 지급하기로 결정했다는 내용이 있었다. 그와 관련이 있는 뉴스 링크까지도.

벌써 시간이 이렇게나 되었구나.

일루전 기업이 주주들에게 배당금을 지급할 정도로 세월이 흐른 것이다.

뉴스 링크를 타고 들어가니 주당 10만 원이 배당금으로 책정될 거라는 내용이 보였다.

2퍼센트가 약간 안 되나?

주당 640만 원이니 10만 원이면 1.6퍼센트 수준이었다.

그래도 170주를 지닌 무혁이었기에 배당금은 총 1,700만 원. 생각지도 않고 있던 돈이라 그런지 기분이 더 좋았다.

3, 4월에 지급이 된다라.

무혁은 웃으며 종목토론 게시판에서 나왔다.

벌써 10시네.

일루전에 잠깐 접속한 무혁은 스켈레톤을 소환해서 마계로 보낸 다음 다시 로그아웃을 했다.

그리고 짐을 싸기 시작했다.

이사 준비도 해야 하고, 일루전 본사에도 찾아가야 했다.

바쁘구만.

옷과 식기류만 정리했는데도 2시간이 지나 버렸다.

"후우."

이 정도면 그래도 꽤 많이 한 편이었다.

좋아, 나머진 다음에 하고.

나름 깔끔하게 차려입고 일루전 본사로 향했다.

강남에 세워진 일루전 본사는 깔끔하면서도 세련되었고 또 호화스러웠다. 주차장에 차를 세운 후 엘리베이터를 이용해 8층 으로 올라갔다.

일루전TV 업무실이 보였다.

안으로 들어가니 생각보다 많은 사람이 보였다.

"실례합니다."

"아, 누구시죠?"

"박현식 팀장님이랑 약속이 있어서요."

"이름이 어떻게 되시나요?"

"무혁이라고 하면 아실 겁니다."

"잠시만요."

직원은 곧바로 팀장과 함께 나왔다.

"오셨군요! 잠깐 들어오세요."

업무실로 들어가 소파에 앉으니 그가 직접 차를 타줬다. 가 볍게 홀짝이고 있으니 서류가방을 옆구리에 낀 팀장이 맞은편 에 앉았다.

"정말 반갑습니다. 직접 찾아오지 않으셔도 되는데……"

"괜찮아요. 본사 구경도 좀 하고 싶었거든요."

"그러셨군요. 점심은 드셨나요?"

"아직요."

"그럼 나가서 같이 뭐라도 먹으면서 얘기를 나누는 게 어떨까요?"

"저야 좋죠."

"그럼 제가 맛집으로 안내하겠습니다. 아, 혹시 초밥 좋아하시나요?"

"아주 좋아합니다."

함께 일루전 본사를 나와 팀장의 차를 타고 이동했다. 점심시간이라 그런지 차가 꽤 막혔지만 거리 자체가 멀지 않아서 금방 도착할 수 있었다.

"여깁니다."

고풍스러운 분위기의 일식집이었다.

"S코스 부탁합니다."

나오는 음식 하나하나가 싱싱했다.

"맛은 좀 어떠신가요?"

"좋네요."

"하하, 다행입니다. 그러면……"

팀장이 계약서를 내밀었다. 그것을 받아 든 무혁이 찬찬히 훑어보기 시작했다.

"음?"

계약서의 주요 내용이 바뀌어 있었다.

무혁이 고개를 갸웃거렸다.

"바뀌었네요."

나쁜 방향은 아니었다.

"네, 낯을 가리신다고 해서 좀 바꿔봤습니다."

다시 한번 내용을 확인했다.

계약금 3천은 그대로. 다만 매달 최소 금액이 500에서 750만 원으로 상향되었다.

조건도 달라졌는데 1주일에 최소 18시간이 아니라 24시간을 방송해야 한다고 나와 있었다.

켜두기만 한다면 24시간이야 사실 별 게 아니다. 하루 12시간씩 잡아도 이틀이면 채울 수 있었으니까.

"으음, 조건이 더 좋아져서 사실 조금 당황했네요. 굳이 왜 이렇게……."

그 말에 팀장, 박현식 씁쓸하게 웃었다.

"사실 초기라서 수익이 그렇게 크지는 않거든요."

"아아, 네."

"그렇다고 실망하고 떠나는 걸 보는 것도 마음이 좋지 않습니다. 시간만 지나면 충분히 경쟁력이 있다고 생각하기 때문에 그때까지 랭커 분들을 잡아두고 싶은 마음인 거죠. 게다가 무혁 님의 경우에는 소통이 아니라 켜두기만 하는 거라 최소 금액을 높이되, 방송 시간을 늘리는 게 더 좋다고 판단했습니다. 물론 무혁 님이 지난번 계약서가 마음에 든다면 지금 당장 바꿔 드릴 수 있습니다."

"아뇨, 괜찮네요."

"다행이군요."

"계약 기간은 생각보다 짧네요."

"네, 많은 랭커 분이 1년 이상이 되면 거부를 하시더군요. 묶여 있는 기분이 든다면서요. 그래서 아예 6개월로 대폭 줄였습니다."

무혁이 고개를 끄덕였다. 전부 마음에 들었다.

"좋아요. 계약하죠."

"감사합니다!"

사인을 하고 지장을 찍는 것으로 계약을 마무리했다.

"참, 일루전TV는 가입하셨나요?"

"네."

"아, 그럼 문자로 아이디 알려주시면 감사하겠습니다. 돌아가자마자 프리미엄 BJ로 등록시켜야 하거든요. 그리고 계약금도 바로 입금될 겁니다."

역시 세계적인 기업, 일루전이랄까. 모든 것이 척척이었다.

"자, 그럼 가실까요."

"그러죠."

일루전 본사로 이동한 후 주차장에 있는 차를 끌고 집으로 돌아갔다. 차를 세우고 올라가는 길에 문자가 왔다.

[Web 발신]

입금 30,000,000원

(주)일루전TV

⬤

토요일에 강릉으로 올라가 예린과 함께 시간을 보냈다.

일요일 오전이 되어서야 집에 도착한 무혁은 일루전TV 홈페이지에 로그인했다. 일루전TV를 캡슐과 연동한 후에 이것저것 세팅을 마치고 게임에 접속했다.

[새로운 세상에 오신 것을 환영합니다.]

옵션에서 일루전TV를 누르니 방송 모습이 작게 나왔다.

잘되고 있네.

현재 방청자는 17명. 잠깐 사이에 이 정도 인원이 접속했다는 사실이 신기했다. 생각보다 일루전TV가 많이 알려진 모양이었다.

이내 관심을 접고 작은 화면을 꺼버린 채 알포노 산맥의 중간 지역을 거닐었다. 조금만 더 가면 목적지인 흑마법사의 마지막 연구소가 나온다.

연구소에 있으려나.

흑마법사가 있어도 문제, 없어도 문제였다.

이거, 참. 일단 존재 여부를 확인하는 것만으로도 충분한 성과였기에 욕심을 내지 않기로 했다.

　주변을 경계하며 걸어가고 있는데 137레벨의 몬스터, 흑룡이 측면에서 등장했다. 말이 흑룡이지 사실 검은색의 거대한 뱀이었다.

　파밧.

　뒤로 물러나면서 스켈레톤을 소환했다.

　"스켈레톤 소환."

　아머나이트와 아머기마병을 보내어 녀석을 압박했다.

　무혁은 뒤에서 여유롭게 버프와 저주를 걸고 간간이 화살이나 날렸다. 그러다 소환수의 HP가 줄어들면 죽은 자의 축복을 사용해서 HP를 채워줬다.

　그것만으로도 놈을 처리하기에는 충분했다.

[경험치가 상승합니다.]

　사체 분해.

[흑룡의 뼈를 획득합니다]
[아머나이트7의 민첩(0.09)이 하락합니다.]
[아머나이트7의 체력(0.11)이 상승합니다.]

　요즘 들어 뼈 교체의 실패 확률이 상당히 높아졌다. 뼈 교체를 많이 할수록 실패하는 확률도 증가하기 때문이었다.

그럼에도 손해를 거의 안 보는 이유는 손재주가 높은 덕분이었다. 손재주가 없었더라면 민첩은 0.15만큼 하락했을 것이고 체력은 0.05만큼 상승했으리라.

상념을 지우며 다시 걸음을 내디뎠다.

그때 나타난 몬스터를 바라보며 무혁이 중얼거렸다.

"쓸어버려."

나름 일루전TV를 의식하여 뱉은 말이었다.

키릭, 키리릭. 반응하는 스켈레톤 109마리.

쾅, 콰콰콰광!

거친 파도에 휩쓸린 것처럼 137레벨 몬스터 흑룡이 처참하게 짓이겨졌다.

리바이브?

사용할 생각도 들지 않았다. 아직까진 너무나 쉬웠으니까.

한편 일루전TV의 열혈시청자 박기규는 즐겨찾기를 추가한 랭커 BJ의 상태를 확인했다.

두 명의 유저가 방송 중이었기에 더 재밌을 것 같은 유저의 방송에 참가했다.

마을을 돌아다니거나 경매장을 살펴보면서 쓸데없는 소리만 해대기에 꺼버렸다.

"아, 놔. 사냥을 하라고, 사냥을."

다른 유저의 방송을 켰지만 이번에도 사냥이 아니라 마을에서 휴식을 취하는 모습이었다.

"짜증 나네, 진짜."

결국 거기서도 나온 그는 재밌는 영상을 보기 위해 프리미엄 BJ로 등록된 이들을 차례대로 훑어보기 시작했다.

"어, 신인이네?"

그것도 오늘 막 들어온 신입이었다.

누구지?

방송 중인 BJ의 이름은 무혁, 제목은 '조폭 네크로맨서의 대화 없는 방송'이었다.

"아……!"

토너먼트 우승자!

고민할 것도 없이 바로 접속했다.

"오오, 바로 사냥이잖아!"

곧바로 최신형 VR 기기와 연결한 후 시야 모드로 전환했다. 무혁이 바라보고 있는 시야를 공유하는 모드였다.

선명한 화질 덕분에 마치 직접 전투에 참여한 것만 같은 현실성이 느껴졌다.

"크, 이런 걸 원했다고!"

마치 스스로가 무혁이 된 기분이었다.

-쓸어버려.

그 한마디에 절로 감탄사가 뱉어지고.

"우, 우오오오오!"

스켈레톤 군단과 거대한 뱀의 사투는 영화에서도 볼 수 없는 아찔함을 선사했다. 순식간에 사냥이 끝나고.

다시금 나타난 몬스터. 이번에는 스켈레톤이 아니라 무혁 본인이 직접 움직였다.

"허어업!"

엄청난 속도였다.

사물이 일그러지는 것 같았지만 신기하게 구분은 확실하게 되었다.

거대한 검은 뱀의 움직임과 휘둘러지는 검날이 녀석의 피부를 찢어버리는 모습도 명백하게 인식되었다. 날아오는 꼬리의 공격을 가볍게 피하고 몸통을 밟고 머리로 올라가 검을 내리꽂는 모습까지도 말이다.

찰나에 일어난 일이지만 단 하나의 장면도 놓치지 않았다.

푸욱.

간접적인 경험이었지만 너무나 사실 같아서 섬뜩한 감각이 척추를 타고 올라왔다. 감정이 격해질 무렵 적당한 시점에서 무혁이 뒤로 물러났다.

파앙!

화살을 쏘면서 놈을 견제한다.

"후, 후아아……."

한숨 쉬나 싶었는데 아니었다. 스켈레톤을 일사불란하게 조종하는 모습은 마치 오케스트라의 지휘자 같았다.

이 장면도 결코 놓칠 수 없었다.

집중하고 있으니 어느새 전투가 끝나 버렸다.

무혁은 느긋하게 걸음을 옮겼고 그의 시선을 경험하던 박기규는 거친 호흡을 내뱉으며 VR 기기를 벗어냈다.

"시, 시발……!"

절로 욕이 튀어나올 지경이었다.

"개쩔어!"

방금 장면을 영상으로 녹화하지 못한 게 한이었다.

심호흡을 한 후 다시 한번 VR 기계를 통해 무혁의 사냥을 구경했다. 이번에는 영상으로 그 모습을 담았고 나름대로 편집을 한 후 일루전 홈페이지, 자유게시판에 올렸다.

조회 수가 빠르게 치솟았고 해당 게시물은 3시간도 되지 않아 그 날의 베스트로 떠올랐다.

점심을 먹기 위해 일루전에서 나온 무혁은 일루전TV의 시청자수를 확인하고는 고개를 갸웃거렸다.

"왜 이렇게 많아?"

무려 4,200명이 시청하고 있었다. 로그아웃한 탓에 방송화면이 어두웠음에도 시청자는 줄어들지 않았다. 나가는 시청자와 들어오는 시청자의 수가 거의 비슷했기 때문이었다.

-ㅋㅋㅋㅋ, 어두워졌다ㅋㅋㅋㅋ

-이거 왜 봄?ㅋㅋㅋ

-암흑을 보기 위해서!

-위에 장난 그만하시고요. 점심이라도 드시러 갔나 보죠. 저희도 밥 먹고 옵시다. 아무튼 이 방송 진짜 새롭네요. 말도 없고 사냥만 하는데 재밌음.

-사냥 방식이 새롭기도 하고요.

-가끔 직접 움직이는데 그거 VR로 보면 죽입니다.

-VR 기기 사야겠네요.

-저도.

-문제는 지금은 어둡다는 거. ㅋㅋ

-ㅋㅋ노답이네요.

-밥이나 먹고 옵시다, 다들.

-방금 들어왔는데 왜 어둡죠?

-사망하셨습니다.

-네?

-ㅋㅋㅋㅋㅋㅋㅋ 로그아웃 했나 보죠.

-아…… 근데 왜 보나요?

-채팅이 재밌어서요.

-저도. ㅋㅋㅋ

무혁은 멍하니 바라보다 고개를 털었다.

"쩝, 모르겠다."

볼 사람은 보는 거고, 말 사람은 마는 거라는 마인드였기에 시청자 수에 그리 민감하게 반응할 필요는 없었다.

평소대로 여유롭게 점심을 먹은 후 일루전에 접속했다.

설정에 들어가서 일루전TV를 켰다. 우측 하단에 나오는 작은 화면. 그걸 조금 키워서 채팅을 확인하니 글이 주르륵 올라오고 있었다.

-와, 접속했다!

-접속 기념 선물!

-알키라 님이 쿠폰(300개)을 선물하셨습니다.

-오, 쿠폰 300개.

-회장님이네.

-300개면 얼마죠? 3만 원?

-ㅇㅇ, 3만 원이요.

-크, 꽤 크네요. 전 쿠폰은 아까워서…….

-저도.ㅋㅋ

-엇, 검은 화면 꺼졌는데요?

-오오, 드디어……!

-살아나셨습니다.

-ㅋㅋㅋㅋㅋㅋ 검은 화면 진짜 웃겼다. 어서 사냥합시다!

-오, 지금 채팅 확인하고 있네요.

-손이라도 흔들어주세요!

무혁은 이내 화면을 꺼버렸다.

-미친, 대박ㅋㅋ

-완전 쿨한데?

-화면을 그냥 꺼버렸어.

-뭐 이런 게 다 있나.

-새롭잖아.

-어서 사냥이나 해주세요. 저 VR 기기 대기 중입니다.

-저도!

오가는 채팅의 내용을 알지 못한 채로 무혁은 스켈레톤을 소환했다. 주변을 조금 경계하면서 다시 산을 올랐다.

나타나는 몬스터를 처리하면서 한 걸음, 한 걸음 앞으로 발을 내디딘다. 꽤 많은 몬스터를 죽였을 즈음 주변을 둘러보는 무혁의 눈이 빛났다.

거의 다 온 것 같은데.

이제는 탐색을 시도해도 될 것 같았다.

히드라, 스컬 스네이크 소환.

스컬 스네이크를 사방으로 퍼뜨리고 아머나이트로 주변을 겹겹이 에워싼 후 자리에 앉았다. 몬스터가 나타나도 아머나이트가 막아줄 것이기에 걱정 없이 스컬 스네이크의 시야에 집중했다.

상당한 시간이 흘렀을 즈음.

찾았다.

흑마법사의 마지막 연구소를 발견할 수 있었다.

CCTV 같은 화면이 계속 이어졌다.

-ㅋㅋ미치겠다, 이건 또 뭐냐.

-아까는 어둡더니, 이제는 CCTV?

-ㅋㅋㅋㅋㅋㅋㅋ

-대부분 안 움직이는데 몇 개만 화면이 움직이네요.

-아, 저게 아까 그 꾸물거리던 뼈죠?

-그런 듯.

-소환수로 정찰하는 건가?

-뭐 찾는 거 같은데요.

-퀘스트라도 하는 건가.

-흠, 랭커가 깨는 퀘스트라……

-기대되네요.

-대박 퀘스트였으면 좋겠네요. 역사의 한 장면을 실시간으로 보고
있는 거면 나중에 진짜 좋은 추억거리가 될 거 같은데 말이죠.

-ㅇㅈ

-동감합니다.

그때 상황이 급변했다.

-어, 움직이는데요?

-뭐라도 찾았나?

-누구 발견한 사람?

-저 봤음!

-저도!

-12번째 시선이라고 해야 하나. 거기 바닥에 공간 있었어요.

-아니거든요. 7번째 시선 바위 아래였어요.

-다들 헛소립니다.

-일단 보죠.

마침 무혁이 걸음을 멈췄다. 거대한 바위 앞이었다.

-제 말이 맞죠, 바위 아래라고! 제가 말했잖아요. 바위 아래 구멍이
라고!

-음······.

-아따, 시끄럽네.

-닥칩시다.

-욕은 자제요.

-ㅇㅋ.

-아무튼 인정? 바위 아래 ㅇㅈ?

-노인정이나 가세요.

-위에 님, 개그 코드가 아재네요.

-아재 개그 ㅇㅈ.

하지만 예상과 다른 행동을 하는 무혁이었다.

갑자기 크게 한 걸음을 내뻗은 것이다. 자연스럽게 몸이 앞으로 쏘아졌고 바위에 부딪힐 것처럼 거리가 가까워졌다.

쑤욱.

-헉……!

-뭐, 뭐지?

-지금 바위 통과한 거죠?

-바위 아래, 틀렸네요. 그러니까 이제 다물어주세요.ㅎㅎ

-바위는 맞잖아요!

-ㅁㅊ놈.

-쉿, 조용히 하고 봅시다. 지금 중요한 타이밍 같은데.

-맞아요. 집중 좀 합시다.

-그럼 채팅을 꺼.

-와, 설마 던전? 나 일루전 하면서 한 번도 던전 본 적 없는데! 아, 놔. 귀찮아서 VR 기기 처박아뒀더니. 다시 찾아와야겠네.

-응. 잘 가.

-그렇게 돌아오지 못했다고 합니다.

일루전TV 방청객들의 반응이 궁금하지도 않은지, 접속한 이후 한 번도 채팅창을 확인하지 않는 무혁이었다.

내부로 들어서자마자 인벤토리에서 등불을 꺼낼 뿐.

그 순간 거의 들리지도 않을 정도의 작은 소리가 연달아 울리면서 침묵을 깨뜨렸다.

핑, 피핑.

흑마법사의 마지막 연구소는 시작부터 함정이 기다리고 있다. 그 사실을 분명히 기억하고 있었기에 사전에 준비를 마친 상태였다. 방패에 몸을 모두 숨겨 버린 것이다.

하지만 시간이 지나고서야 깨달았다. 굳이 막아낼 필요조차 없었다는 사실을 말이다.

[아머나이트3이 대미지를 입었습니다.]
[아머아처7이 대미지를 입었습니다.]
[검뼈5가 대미지…….]

앞에 있던 스켈레톤들이 대신 맞아준 것이었다.

역시 숫자가 깡패지.

다가가서 바닥을 확인하니 가느다란 철시 아홉 대가 바닥을 뒹굴고 있었다. 함정이 있다는 걸 모르는 유저였다면 높은 확률로 공격을 허용했으리라.

꽤 위험했겠지.

하지만 무혁은 가볍게 웃었다.

나한테는 쉬우니까.

소환수를 이용하면 함정 통과는 어렵지 않은 일이었다.

"돌격."

스켈레톤들이 앞으로 나아갔다.

피융, 콰앙, 쿠웅!

각종 함정들이 정체를 드러내며 공간을 우그러뜨렸다. 거기에 휩쓸린 스켈레톤들의 HP가 빠르게 바닥나면서 역소환되었지만 개의치 않았다. 모두 역소환이 되어도 어차피 일정 시간이 지나면 재소환할 수 있으니 말이다.

그렇게 느긋하게 함정구간을 탈출하면 그만이었다.

-하, 나름 레벨이 있어서 던전에 들어간 적이 있는데 거기서 만난 게 하필이면 함정 구간이었지. 도저히 통과할 수가 없더라. 허무하게 죽어 버려서 얼마나 속이 아팠는데……. 근데, 조폭 네크로맨서는 소환수로 그냥 밀어붙이네. 으아아아아아, 열 받아!

-진정하세요. 원래 인생사 불공평한 거 아니겠어요?

-ㅇㄱㄹㅇ ㅂㅂㅂㄱ

-캐릭터마다 특성이 있는 거죠.

-유저가 얼마나 잘 키우느냐에 따라 달라지는 듯.

-맞아요. 내가 아는 친구도 조폭 네크로맨서인데 그 녀석은 진짜 약해요.

-그사이 함정 몇 개가 끝났네요.

-진짜 쉽게 느껴진다.

-저기 저 레벨 구간 아님?

-무혁 유저 레벨이 153입니다. 그리고 스켈레톤들 죽어 나가는 거 안 보이세요? 적어도 동급 수준 던전입니다.

-ㅁㅊ…….

마침 스켈레톤이 전부 역소환되었다. 무혁은 자리를 잡고 앉더니 인벤토리에서 제작 도구를 꺼냈다.

-ㅋㅋㅋㅋㅋㅋ 뭐지?

-대장장이도 겸하나요?

-설마…….

그리곤 익숙하게 망치를 휘둘렀다.

카아앙.

순식간에 만들어지는 한 자루의 검.

-미쳤다. 뭐가 저렇게 빨라?

-ㅋㅋㅋㅋㅋ, 노답.

-나도 제작 스킬 간신히 얻긴 했는데 아직도 1레벨입니다. 저 정도면 제작 스킬 레벨이 엄청날 것 같은데요?

무혁은 마음에 들지 않는 표정이었다.

그리곤 또 다른 검을 만들었다.

아직 시간은 많았으니까.

캉, 카앙!

그렇게 다섯 자루를 만들고서야 무혁은 제작을 멈췄다.

겨우 괜찮은 거 하나 건졌네.

곧바로 경매장에 올려 버렸다.

-ㅋㅋㅋㅋㅋ방금 무기 이름 봤는데 검색하고 옴. 성능 궁금해서.

-오, 보면 알려주세요.

-ㅇㅋ

-좀 궁금하네, 나도.

-저도 보고 옴.

-누군가는 알려주겠지. 대기한다.

-나도 대기.

그사이 무혁은 1회용 제작 도구를 인벤토리에 넣고 요리 도구를 꺼냈다.

-요리까지?

-와, 미치겠다.ㅋㅋㅋㅋㅋㅋ

-이 정도면 노가다 장인이라고 인정해야 되지 않음?

-ㅇㅈ.

-진짜 괴물이네.

-조폭 네크로맨서가 엄청 키우기 어려워요. 거기에 제작에 요리까지? 문제는 제작이랑 요리도 전부 수준급으로 보인다는 거죠. 진짜 기

가 막히네요.

　-하긴, 쉽고 빠르게 하려고 하는 사람들이 대부분인데 누가 귀찮게 제작이랑 요리를 하겠어.

　-맞아. 그냥 구입하고 말지.

　그때였다.

　-저, 제작한 무기 보고 왔습니다. 스샷 남긴 주소입니다.ㅋㅋㅋ

　-위에 스샷 봤음? 이거 진짜임?

　-대박이다. 무기가…….

　-전문 대장장이 수준은 아니지만 그래도 이 정도 무기를 그렇게 쉽게 만들었다고?

　-그냥 뚝, 딱 해버리던데.

　-이거 버그 아니냐?ㅋㅋㅋㅋ

　모두가 혼란스러울 때 올라온 한마디.

　-역시 최상위 랭커는 다르구나.

　그 말로 대부분의 불만이 정리되었다. 그래, 랭커. 그것도 쉽게 볼 수 없는 최상위 랭커가 바로 무혁이었으니까.

　-음식 다 먹은 듯. 아, 이제 움직이네요.

소환된 스켈레톤이 다시 앞으로 나아갔다.

덜그럭. 또다시 쏟아지는 함정들.

팡, 콰아앙! 쿵!

화살과 불꽃은 기본이었고 어디선가 돌덩어리가 떨어지기도 했다. 창도 날아왔고 바닥이 꺼지면서 스켈레톤이 추락하는 모습도 보였다. 갑자기 바닥이 늪처럼 변하더니 빨려드는 놈들도 있었고 하늘로 끌려가더니 그대로 죽어버린 스켈레톤도 다수였다.

하지만 결국 함정에는 한계가 있는 법. 수량이 떨어진 몇 개의 함정이 기능을 멈췄을 때, 무혁은 해당 구간을 여유롭게 통과했다.

-진짜 겁나 편하게 가네…….

-황제라도 보는 듯.

-나름 황제지.

-하긴 소환수 100마리 이상 끄는 유저가 어디 있겠음?

또다시 나타난 함정. 무혁은 이번에도 소환수를 먼저 보냈다. 생각보다 함정 구간이 길었지만 서두르지 않았다.

스켈레톤이 모두 죽으면 다시 제작을 하고 요리를 하며 시간을 보냈고 재소환이 가능하게 되어서야 움직였다.

같은 행동을 세 번 정도 더 반복했을 때, 길의 끝에서 철문 하나를 발견할 수 있었다.

-오오, 문이다!
-와, 은근히 긴장되는데?
-뭐가 있으려나……
-님들, 방금 링크 타고 왔는데요. 여기 던전이에요?
-아직 안 밝혀진 듯?
-ㅇㅇ, 저희도 잘 모르겠네요.

철문 앞에 도착한 무혁은 쉽사리 손을 뻗지 못했다. 함정을 통과할 때는 여유로웠던 그였지만 지금만큼은 긴장할 수밖에 없었다.

키메라가 있을 텐데.

과연 놈들을 사냥할 수 있을지 걱정이 되었다.

"으음."

여기까지 와서 망설이는 것도 우스운 일이었다.

감안하고 온 거잖아.

마음을 다잡고 손을 뻗었다.

끼이이익.

듣기 싫은 쇳소리가 고요함을 깨뜨렸고 동시에 열린 문틈에서 비쩍 말라 버린 얇은 손 하나가 툭 튀어나왔다.

흡……!

깜짝 놀란 무혁이 몸을 틀면서 검을 그어 올렸다.

카가각.

안타깝게도 앙상한 손을 베어버리지 못했다. 뭐가 그렇게도 단단한지 오히려 무혁의 손이 저릴 정도였다. 다급히 아머나이트에게 돌진을 명령했지만 앙상한 손이 더 빨랐다.

당겨지는 힘에 의해 무혁의 몸이 허공을 날았다.

철문을 통과하여 바닥에 처박힌 무혁은 몸을 비틀어 녀석을 바라봤다.

말라 버린 미라처럼 얇은 몸체. 가늘고 긴 팔과 다리. 사람의 형상이었지만 피부를 이루는 것은 절대로 사람의 것이 아니었다.

키메라군.

그 괴이한 모양새에 감탄할 겨를 따위는 없었다. 놈의 팔이 움직이기 시작한 것이다.

서둘러 방패로 앞면을 보호했다.

쾅! 콰앙!

연달아 내리꽂히는 공격에 정신이 아찔해질 지경이었다.

아머나이트, 아머기마병 돌진!

스켈레톤들이 달려들어 놈을 가격했으나 대미지를 거의 주지 못한 모양이었다. 지금도 여전히 무혁의 방패를 주먹으로 내려찍고 있었으니까.

콰아앙!

엄청난 파괴력이었다.

[295의 대미지를 입었습니다.]

[297의 대미지를 입었습니다.]

현재 방어력이 180가량. 여기에 방패로 충격을 68퍼센트 흡수하고 있고 그로이언의 갑옷 덕분에 여기에 추가로 7퍼센트를 더 흡수하고 있었다.

충격 흡수만 총 75퍼센트.

그럼에도 대미지가 300에 가깝게 들어오고 있었다. 틈을 보다가 녀석을 향해 약화 스킬을 사용했다.

[267의 대미지를 입었습니다.]

대미지가 조금은 줄어들었다.

"근력 증가, 체력 증가!"

스켈레톤들은 강해졌다. 덕분에 공격을 무시하던 키메라가 조금 움찔거리더니 공격을 멈추고 뒤로 물러났다.

크르, 크르르.

다급히 몸을 일으킨 후 화살에 둔화의 독을 묻혔다.

"후, 하아……."

곧바로 놈을 향해 쏘았다.

['둔화의 독'이 적용됩니다.]

다음은 약화의 마비와 출혈의 눈물까지 사용하자 놈은 느려졌고 약화되었으며 HP까지 조금씩 줄어드는 상황을 맞이하게 되었다.

혹시 몰라서 여기에 환각의 독까지 추가로 사용했다.

움직임이 멈춰 버린 키메라.

녀석을 바라보는 무혁의 눈빛이 심상치 않았다.

당한 것을 갚아줄 차례였으니까.

아머메이지1, 3 파이어 월.

불의 꽃이 피어올라 녀석을 막아서고.

아머메이지2, 4, 5 아이스 피스트.

얼음의 주먹 세 개가 하늘에서 내리꽂히며 놈을 짓눌렀다.

아머메이지3 윈드 스톰.

바람의 폭풍이 불어 녀석의 살점을 갈기갈기 찢어버렸고.

아머메이지7 썬더 스피어.

전격의 창이 피부를 꿰뚫었다. 그것들이 어우러지며 강력한 폭발을 일으켰지만 아직 끝이 아니었다. 일반 메이지 14마리의 마법 공격이 동시에 펼쳐진 것이다.

콰아아앙!

후폭풍이 시야를 뒤덮는다.

후욱.

그 순간 먼지가 사방으로 흩날렸다. 키메라가 돌진한 까닭이었다. 얼마나 속도가 빠르기에 시야를 가리던 모든 것들이 사라진 걸까.

윈드 스……!

도저히 피할 수가 없었다.

퍼억.

무혁이 천장에 부딪혔다가 바닥에 내리꽂혔다.

"……."

줄어든 HP를 보며 다급히 스킬을 사용했다.

익스체인지.

MP가 줄고 HP가 차오른다.

벌떡 일어나니 어느새 키메라가 코앞에 당도한 상태였다.

퍼억.

또다시 한 대 맞은 채로 허공을 날았다.

이 새끼가……!

또다시 HP가 바닥이 되었다.

이대로 천장에 부딪히면 그 충격으로 인해서 남은 HP가 모두 사라질지도 모를 일이었다.

정신이 없는 와중에서도 무혁은 살기 위해서 발악했다.

잠력 격발. 윈드 스텝.

필살기라 할 수 있는 잠력 격발을 사용한 것이다.

[HP와 MP가 차오릅니다.]
[5분간 모든 능력이 15퍼센트 상승합니다.]

그 순간 세상이 느려졌다.

스으으.

덕분에 몸을 비틀어 균형을 잡을 수 있었다.

천장을 양발로 박찬 후 반동을 이용해 바닥에 안착.

지면을 밀어내며 놈에게 쏘아져 나갔다.

채팅방의 화력이 한층 더 올라갔다.

현재 시청자 12,371명.

키메라와 싸우는 장면에서 많은 이가 충격에 휩싸였다.

-이거, 어떻게 이기라는 거?

-허무하게 죽을 거 같은데?

-와, HP 깎이는 거 보여요? 무혁 님 피통이 상당히 높아 보이는데 녹아버리네?

-조폭 네크로맨서가 체력 높아봤자죠.

-뭔 소리세요, 윗 님. 무혁 님은 스탯 힘, 체력 위주로 올렸습니다.

-님이 어케 암?

-딱 보면 모름? 일알못이네.

-일알못?

-일루전에 대해서 알지도 못하는 새끼의 줄임말입니다.

-새끼까지는 아니고…….

-님들, 지금 당장 VR 기기로 보세요. 진짜 지립니다.

-갑자기 VR 타령.

-그래도 VR은 진리긴 함.

-ㅇㅈ

-저 지금 VR로 보는 중인데 팬티 갈아입었음.

-저도.

-전 팬티 벌써 두 장 갈아입는 중.

-전 세 장.

-어차피 죽을 텐데ㅋㅋㅋㅋ

-맞아. 상황 보면 모르냐.

-최상위 랭커도 뭐 없네.

하지만 일부 비난의 목소리는 다음 상황으로 인해 쏙 들어
갔다.

-와, 뭐지? 저 스킬?

-MP가 줄고 HP가 높아진 거임?

-근데 또 맞음.

-뭐, 살아나나 했는데 결국은 죽겠네.

-저걸 어떻게 피하냐고……

-보스 몹인가?

물론 거기서 끝나지 않았다.

-ㅁㅊ. 머임? 이번에는 HP랑 MP가 전부 찼음.

-ㅋㅋㅋㅋㅋㅋㅋ네크로맨서가 아니라 사제?ㅋㅋㅋㅋ

-헙……!

그 순간 채팅의 화력이 줄었다.

-갑자기 조용해졌네.
-그러게요.

VR 기기 시청자들의 키보드에서 손을 떼버린 까닭이었다.

그럴 수밖에 없었다. 잠력 격발로 신체 능력이 증가한 상태로 윈드 스텝을 사용했으니 이걸 VR 기기로, 게다가 시야모드로 보고 있다면 숨조차 쉬지 못하리라.

공간이 비틀리고 천장이 보이더니 어느새 바닥에 안착. 즉시 앞으로 쏘아지는 와중에 무혁의 검이 흔들리고.

풍폭.

뒤이어 붉은 기운이 넘실거리며 피어올랐다.

십자베기.

순식간에 키메라와 거리를 좁혔다.

주변의 모든 것이 명확하게 인식된다.

느리디 느린 공간을 뒤흔드는 신체.

이 힘이라면 뭐든 해낼 수 있을 것만 같은 고양감.

하지만 이내 알 수 없는 불길함이 차오른다.

스윽.

키메라가 주먹을 내지른 탓이다.

피하면 되지 않냐고?

미친……!

모든 것이 느렸으나 오직 하나, 녀석만큼은 여전히 빨랐다. 그나마 다행이라면 방금처럼 반응할 수 없는 수준은 아니라는 사실이었다.

몸을 숙이며 비틀자 충분히 주먹질을 피해낼 수 있었다. 그대로 달려들어 놈을 스치고 지나갔다.

서걱.

단단하기 그지없던 피부를 비집고 제대로 된 상처를 입혔다. 방향을 틀어 다시 한번 공격을 시도하려는데 무혁보다 키메라가 더 빨랐다.

어느새 다리를 뻗어오고 있었던 것이다.

황급히 몸을 숙인 상태에서 지시를 내렸다.

부르탄, 기파!

부르탄이 움직일 때까지 이리저리 공격을 피한다.

키아아아아!

늦지 않게 기파가 쏟아진 덕분에 여유가 생겼다.

즉시 놈의 뒤로 접근해서 검을 무차별적으로 그었다. 동시에 아머아처와 활뼈에게 연사를 명령했다.

스켈레톤들의 능력치도 높아진 상황이었기에 할 수 있는 것들을 전부 해야만 했다.

[아머아처1이 257의 대미지를 입힙니다.]
[활뼈7이 145의 대미지를 입힙니다.]

[활뼈8이…….]

쌓이면 결코 무시할 수 없다.
무혁의 공격은 더더욱 그러했다.

[311의 대미지를 입힙니다.]
[추가로 556의 대미지를 입힙니다.]

풍폭의 영향이 대단했으니까.
풍폭, 십자베기.
스킬과 입혀서 사용하면 더욱 강력했다. 스킬이 없으면 풍폭만 사용했지만 그럼에도 불구하고 강력했다.
후와악.
기파로 인한 영향이 풀리는 순간 키메라는 다시 한번 주먹을 뻗어왔다.
여전히 위협적이었는데 잠력 격발로 인한 신체 능력의 상승이 없었더라면 윈드 스텝을 사용하고 있는 상태에서도 공격을 허용하고 말았으리라.
그야말로 어마어마한 괴물.
도대체 레벨이 몇이기에…….
의문은 잠깐이었다. 지금은 전투에 집중해야 했으니까. 놈과 아슬아슬한 외줄타기를 이어가던 무혁의 눈이 순간 예리해졌다.

메이지의 마법 쿨타임이 돌아왔음을 확인한 탓이었다.

다급히 뒤로 물러나면서 아머나이트들을 전진시켰다.

키메라가 아머나이트를 부수는 동안 무혁은 인벤토리에서 장막의 물약을 꺼냈다.

파밧.

검날에 묻히고 키메라에게 접근했다.

피부를 베어버리는 감촉.

[3초간 적의 시야를 빼앗습니다.]

물약의 효과가 적용되었는지 녀석이 움찔거렸다.

아머메이지1의 전용 스킬, 파이어 월을 포함하여 총 21개의 마법이 발사되었다. 허공을 가득 채운 강력한 빛줄기가 키메라에게 쏟아졌다.

이번 공격으로 3초는 지나갔다.

하지만 하나가 더 남았다.

마법이 쏟아지는 사이 화살촉에 혼란의 물약을 묻혔고 지금, 무혁의 화살이 키메라의 피부를 꿰뚫었으니까.

[3초간 적의 신체 지배력을 빼앗습니다.]

키메라는 술에 취한 듯 비틀거리기 시작했다. 어느새 접근한 아머나이트와 무혁의 검이 동시에 위에서 아래로 내리그어진다.

무혁은 풍폭과 십자베기를. 아머나이트는 강한 일격을.

뒤이어 아머아처의 파워샷과 활뼈의 연사까지.

퍽, 퍼버버벅.

3초란 시간을 전부 소모하기엔 부족했다.

손을 다시 움직여 키메라의 피부를 베어버리고, 또 그어버리고 마지막으로 찔러 넣었다.

그래도 죽지 않았다.

키이이이이!

다시 움직이는 키메라를 보던 무혁의 입꼬리가 올라갔다.

느려졌어.

피해가 꽤 누적되었다는 뜻.

지금 몰아붙여야만 놈을 쓰러뜨릴 수 있으리라는 본능적인 외침이 들려왔다.

무혁은 머뭇거리지 않고 놈에게 접근했고.

흐읍!

녀석의 움직임을 조금 더 여유롭게 파악하면서 공격을 시도할 수 있었다.

방청자는 그 잠깐 사이에 또다시 2천 명이 늘어나 1만 4천여 명에 달했다.

지금 막 들어온 이들이 채팅을 했지만 기존에 있던 이들이 반응을 해주지 않는 기묘한 상황이었다.

마침 무혁의 공격이 놈의 목에 제대로 꽂혔다.

툭, 데구르르.

치열했던 5분 동안의 전투가 끝난 것이다.

-크하아아아, 지렸다.

-으어어어어어, 이런 말도 안 되는 전투라니!

-와, 진짜 말이 안 나온다.

-아직 흥분감이 좀 안 가라앉은 기분임. 와, 오랜만에 소름 돋았네.

-빼박캔트.

-이 상황에 쓸 말은 아닌 듯?

-ㅇㅋ. 정정. ㅇㄱㄹㅇ ㅃㅃㅂㄱ

-아, 지금 막 왔는데…….

-저도 방금 옴. 근데 윗분들 말은 좀 오버가 심한 듯.

-오버 아님요.

-레알 아니지. 사실 랭커 중에서 솔플로 하는 사람 자체가 거의 없잖아. 대부분이 6인 파티로 최대한 안정적으로 하지. 좀 위험하다고 해봐야 솔직히 죽을 정도는 아니니까. 근데 무혁 저 미친놈은 뮛자리 찾아다니는 듯?

-맞아요. 방금 전투도 진짜 아슬아슬했죠.

-사실 난 죽을 거라고 생각했음.

-이긴 게 대단함…….

-전투 센스도 괜찮은 거 같던데?

-ㅋㅋㅋ근데 끝까지 일루전TV에 관해서 언급 안 하네.

-방청자랑 대화 단절임ㅋㅋㅋ

-후, 암튼 좀 쉽시다.

-저도 좀 쉴게요. 정신력 고갈된 기분.

무혁도 마찬가지, 아니, 더 심할 것이다.

"후아……."

호흡을 크게 뱉은 후 서둘러 사체 분해 스킬을 사용했다. 얼은 뼈를 스켈레톤과 교체하는 순간 몸이 급격하게 무거워졌다.

[잠력 격발의 유지 시간이 끝납니다.]

[30분 동안 모든 능력치가 20퍼센트 하락합니다.]

페널티 때문이었다.

털썩.

자리에 주저앉은 채 휴식을 취했다.

빠져나가야 하나? 아니면 조금 더 깊숙이 들어가야 할까?

잠력 격발은 사용할 수 없다. 하지만 키메라를 되살려 아군으로 만들 순 있었다.

비록 능력치의 60퍼센트밖에 사용하지 못한다지만 엄청난 전력이 될 것은 분명했다.

두 마리가 나오면?

잠력 격발이 없다면 절대 이길 수 없으리라.

그래도 욕심이 났다.

음, 조금만 더 생각해 보자.

그 순간 손이 저절로 인벤토리로 향했다.

-ㅋㅋㅋㅋ정작 무혁 님은 안 쉬는 중.

-또 제작이네.

-조금 있으면 요리도 하겠지.

-근데 더 들어가려나? 무리일 거 같은데.

-음. 나가지 않을까요?

-더 들어가면 100퍼 죽음. 지금 시야 모드로 봤을 때 확인했는데 페널티까지 있고 키메라랑 싸우면서 썼던 스킬도 24시간에 한 번임.

-헐, 그래요? 메시지 잘도 확인하셨네요.

-재가 눈이 좋아서.

-ㅇㅇ. 암튼 마을로 돌아갈 듯.

-나갈 수밖에 없겠네요.

-인정. 더 들어가는 건 진짜 자살임. 나가야 함.

그들의 예상은 빗나갔다. 무혁은 조금만 더 간을 보기로 했다.

리바이브, 스킬을 사용하는 순간 무혁의 미간에 주름이 깊게 파였다.

"하, 젠장."

절로 욕이 튀어나왔다.

멍청하기는.

왜 이 생각을 안 했던 걸까.

여긴 연구소가 아닌가. 그럼 죽어 나간 키메라가 분명히 있을 거라는 점을 생각했어야만 했다.

물론 영혼은 일정 기간이 흐르면 사라진다. 하지만 이처럼 특별한 공간이라면 계속 남아 있을 가능성이 높았다. 그걸 캐치하지 못했다.

[주변을 떠도는 몬스터의 영혼(5마리)을 발견했습니다.]
[몇 마리를 부활시키겠습니까?]

무려 5마리. 그 문구에 한숨이 터졌다.

진작 사용했더라면?

그럼 처음 마주친 키메라도 손쉽게 처리할 수 있었으리라.

이내 고개를 저었다.

이제라도 알았으니 다행이지.

무혁은 2마리를 택했다.

[영혼과의 레벨 차이로 인해 소환을 거부당했습니다. 강제적으로 소환하기 위해서는 MP의 소모량이 증가합니다.]
[현재 영혼에 한하여 필요한 MP는 마리당 1,000입니다.]
[강제로 소환하시겠습니까?]
[Yes/No]

이미 알고 있던 내용이었고 예상하고 있었기에 아무렇지도 않게 예스를 누르는 무혁이었다.

[MP(2,000)가 소모됩니다.]

그러자 정면에 키메라가 나타났다. 방금 처치했던 키메라와는 다른 의미로 징그럽게 생긴 두 녀석이었지만 상관은 없었다. 전투력만 확실하면 되니까.

키메라 두 마리와 함께 앞으로 나아간다.

키하아아악!

곧이어 만난 한 마리의 키메라와 전투를 치르게 되었지만 이번에는 직접 움직이지 않아도 되었다.

키메라 2마리와 남은 스켈레톤만으로도 충분했으니까.

그럼에도 불구하고 무혁은 결코 방심하지 않았다.

괜히 메인 에피소드겠는가. 혼자선 불가.

하지만 최대한 깊게는 파고들 생각이다.

그 과정에서 얻게 될 달콤한 보상들을 손에 쥐기 위해서.

갑자기 나타난 키메라 두 마리에 놀란 방청자들.

-헙, 두 마리……!
-죽었네.
-아니, 근데 어디서 튀어나온 거야?

-이상한데요. 공격을 안 하네요.

-그러게요. 무혁 님도 반응이 없고……

-님들아, 저거 스킬이에요.

-스킬?

-네, 무혁 님 스킬이요.

-아, 시야 모드임?

-ㅇㅇ.

-대박. 설마 방금 죽였던 키메라를 되살린 건가?

-헐……

-설마, 아무리 그래도 키메라 두 마리를 동료로 만들었다고? 밸런스 파괴 아닌가요?

-원래 150레벨에 배우는 스킬이 좀 밸런스 파괴예요.

-으음.

-레벨이 올리기 어려운 만큼, 스킬로 차별화를 두려는 거겠죠.

-하, 더러워서 레벨 올려야겠네.

-ㅇㅈ

-ㅋㅋㅋㅋ 150까지 올리는 게 장난인 줄 아시나ㅋㅋㅋ

-그러게ㅋㅋ

그 순간 저 앞에서 키메라 한 마리가 나타났다.

키에에에엑!

두 마리의 키메라와 스켈레톤이 나타난 적대 키메라를 순식간에 처리해 버렸다.

-저도 조폭 네크로인데 어서 150찍어야겠네요. 저 스킬만 보고 오늘도 죽어라 노가다 해야겠습니다.

-힘내세요ㅋㅋ

리바이브 덕분에 사냥은 꽤나 순조로웠다.

무혁은 휴식을 취하며 살며시 일루전TV를 확인했다.

-ㅋㅋㅋㅋㅋㅋㅋ 일루전TV 본다!

-채팅 확인하는 거 같은데?

-한마디만 해주세요.

-목소리 궁금합니다.

-소통하는 방송으로 전환합시다!

물론 무혁이 그 말을 따를 리 없었다.

무슨 방청자가······.

생각보다 많은 방청자의 수와 호응에 낯이 뜨거워져서 바로 화면을 꺼버렸다. 그리곤 다시 제작에 집중했다.

-ㅋㅋㅋ, 부끄러운 듯?

-귀엽네요.

-참, 저 일루전 홈페이지에 보고 있는데 재밌는 게 있네요. 링크 달아드림.

그 모습을 보며 웃고 떠들던 방청자들. 그러다 갑자기 나타난 링크에 호기심을 느끼며 조심스럽게 클릭해 봤다. 그러자 영상 하나가 나타났다. 무혁이 키메라를 사냥하는 장면이었는데 그 바로 아래.

-보이시죠? 이건 무혁 님이 키메라 사냥하는 영상이고요. 밑에 있는 링크는 해외 반응입니다. 한번 구경해 보세요.

또 다른 링크가 궁금증을 자아냈다.
해외 반응? 과연 외국인은 어떤 생각을 할까.
자연스럽게 손이 간다.

-역시 한국인. 게임에 있어서만큼은 정말…….
└김치의 힘이라던데.
└근데 정말 저 스킬은 밸런스 파괴다.
└너도 알잖아. 149레벨 세 명이 모여서 150레벨 한 명을 이기는 게 힘들다는 거. 결국 150레벨 자체가 밸런스 파괴의 주범인 거지.
-정말 대단해. 후반에 나오는 리바이브 스킬을 제외하고 봐도 네크로맨서라는 직업이 저렇게까지 근접전에 강할 수 있다는 걸 처음으로 알게 되었으니까.
└그건 맞아. 사실 저렇게 빠르게 움직이는 유저도 별로 없다는 게 현실이니까.

-아이템의 힘이겠지?

└당연하잖아. 스킬은 나도 전부 알고 있다고.

  └도대체 어떤 아이템일까.

    └그야 모르지. 그래도 한 가지는 확실해.

      └뭐가?

└그 아이템을 얻은 것도 능력이라는 사실.

  └동감이야.

생각보다 긍정적인 의견이 많았다.

그 반응에 또 반응하는 대한민국 일루전 유저들.

-ㅋㅋㅋ역시. 우리나라 게이머 클라스.

-외국인들이 흠을 못 잡잖아.

-나름 애국하는 길인 듯.

-ㅇㅈ. 대한민국 이름 알리는 거면 이것도 애국이지.

-맞아, 맞아.

-아무튼 재밌었다.

-그보다 난 저 방송이나 보러 가야겠다.

-나도.

그렇게 또다시 방청자가 증가했다.

현재 3만 5천여 명. 순식간에 일루전TV 신인 랭킹 3위에 이름을 올려 버린 무혁이었다.

제3장
지케라와의 짧은 만남

몇 시간 동안 사냥이 이어지고.

"후우."

악마 형상의 철문 앞에 도착했다.

여기서 나왔던가?

기억이 확실하진 않았지만 확률은 분명히 있었다.

긴장감이 슬며시 차올랐다. 현재 되살려낸 키메라만 8마리.

왔던 길을 돌아가 살릴 수 있는 녀석 전부를 되살린 덕분이었다.

하지만 이길 수 있다는 확신이 들지 않았다.

욕심이 뭐라고. 현실이었다면 이렇게 무리하진 않았을 것이다.

게임이니까. 그렇기에 나아갈 수 있었다.

실패하면 죽는 거지, 뭐.

24시간의 페널티? 그 정도는 감수하고도 남을 정도의 가치

가 있었다.

스켈레톤과 키메라에게 풍폭을 건 후 MP가 차오르길 기다
렸다. 만전의 상태에서 손을 뻗어 철문을 밀었다.

끼이익.

내부가 환해서 명확하게 보였다.

한 마리의 몬스터까지도 굳은 듯, 움직이지 않았다.

내부에 안착했을 때.

쿠웅!

문이 절로 닫히더니 동시에 놈이 고개를 틀었다.

크르르르……

5미터를 훌쩍 넘어서는 키. 근육으로 꿈틀거리는 오른쪽 다
리와 강철의 피부를 지닌 왼쪽 다리. 갑옷으로 뒤넒인 허리와
가슴, 칼날보다 예리한 왼손과 해머보다 거대한 주먹을 지닌
오른손. 날갯죽지에 달린 두 쌍의 검고 흰 날개. 그 모든 것을
아우르는 두 개의 머리.

[중간 보스 몬스터, 키메라 '아이게스'의 방에 입장하셨습니다.]
**[홀로 보스 몬스터의 방에 입장한 당신, 견줄 수 없는 업적을
달성합니다.]**
[업적 포인트(15점)를 획득합니다.]
[퀘스트 '흑마법사의 위치'를 완료합니다.]

퀘스트를 깬 것은 물론이고 방에 입장한 것만으로 업적 포
인트를 얻었다.

놈을 처리한다면?

어떤 보상이 있을지 기대하는 것만으로도 흥분이 되었다.

"그래, 한번 해보자고."

키메라 8마리와 스켈레톤 다수가 아이게스를 향해 쏟아져 나갔다.

아이게스 역시 우직한 몸놀림으로 접근해 왔다.

"약화."

아이게스의 몸이 조금 느려졌다.

"근력 증가, 체력 증가."

아군 스켈레톤과 키메라는 도리어 강해졌다. 그런데도 아이게스는 망설임 없이 접근하더니 근육질로 덮인 오른쪽 다리로 바닥을 내려쳤다.

쿠후우우웅.

강력한 진동과 함께 뿜어지는 충격파.

이 공격에 아머 스켈레톤을 제외한 나머지가 모두 사라질 것 같은 기분이 들었다.

죽더라도 지척에서 죽어야 풍폭의 대미지를 입힐 수 있었기에 무혁은 아껴뒀던 스킬을 드디어 사용했다.

드레이크의 피를 머금은 장검.

아머나이트1이 손에 쥐고 있던 검에서 빛이 뿜어졌다.

[5초간 5,000의 피해를 흡수합니다.]

드넓은 장막이 펼쳐지며 아이게스의 충격파를 막아냈다. 충격파의 대미지가 5천을 넘지는 않은 모양인지 실드가 깨어지지 않았다.

직후 메이지의 마법과 아머아처, 활뼈의 뼈화살이 아이게스에게 쏘아졌다.

콰아아앙!

먼지가 치솟은 틈을 타 스켈레톤들이 달려 나갔다.

키릭, 키리릭!

지척에 도달했을 즈음, 아이게스가 날개를 퍼덕거렸고 그 탓에 먼지가 모두 사라졌다. 머리 하나가 움직이더니 접근한 스켈레톤을 바라보며 비웃었다.

키히, 키히히.

이어 칼날보다 예리한 왼손이 사방을 휩쓸었다.

['검뼈1'이 역소환됩니다.]

['검뼈2'…….]

몇 마리의 일반 스켈레톤이 사라졌지만 풍폭이 터졌기에 대미지를 입힐 수 있었다.

[추가로 180의 대미지를 입힙니다.]

[추가로 180의 대미지를…….]

연이어 아이게스의 해머보다 거대한 오른 주먹이 내리꽂히면서 또다시 몇 마리의 스켈레톤이 사라졌다. 이번에도 풍폭으로 대미지를 입혔다. 다행스럽게도 아머나이트는 한 방에 사라지지 않았다.

방패로 막아내면 두 번 정도는 버텨낼 것 같았다. 되살려 낸 키메라의 경우에는 아이게스의 공격에 여러 번 당해도 쓰러지지 않았다.

다행이야.

덕분에 확실한 탱커 역할이 가능했다. 대미지도 강했고.

콰아앙!

키메라의 공격에 맞은 아이게스가 주춤거렸다.

키메라 8마리가 돌진했다.

콰앙!

서로 힘겨루기를 할 때 스켈레톤은 자잘한 피해를 주었다.

하지만 그 과정에서도 몇 마리의 스켈레톤이 죽어버렸다.

검뼈는 버린다.

아머 스켈레톤과 키메라만이 제대로 된 전력이었다. 풍폭의 대미지를 노리며 아이게스를 포위한 상태에서 무차별 공격을 쏟아부었다.

키히히히!

분명 충격이 있을 것임에도 불구하고 아이게스는 웃었다. 비틀린 미소를 지우는 것과 동시에 날개를 펼쳤다.

후우우웅.

강력한 바람이 주변의 모든 것을 뒤로 밀쳐 냈다.

아이게스는 하늘로 떠올라 아래를 내려다봤다. 왼손이 가볍게 휘둘러졌다. 스윽 하는 소리와 함께 키메라 두 마리의 몸에 긴 상처가 생겨났다.

키히히!

오른손이 내리꽂힌다.

분명 닿지 않았음에도 불구하고 아머나이트 몇 마리가 부서졌다. 키메라 역시 공격에 당하니 바닥에 짓이겨졌다. 죽지는 않았지만 HP가 바닥까지 떨어진 상태였다.

미친……!

아무래도 스킬을 쓰는 모양이었다.

이대로 둘 순 없었다.

풍폭, 강력한 활쏘기. 아머아처, 파워샷.

무혁의 손에서 떠난 화살이 놈의 날개를 노렸다.

카가각!

하지만 뚫지 못하고 오히려 튕겨졌다. 대미지는 입혔지만 놈은 여전히 허공에 떠오른 상태였다. 다시 왼손을. 그리고 오른손을 휘둘러 스켈레톤과 키메라에게 대미지를 입혔다.

계속 저런 식이라면 상대할 수가 없다. 반드시 날개를 찢어 버릴 필요가 있었다.

변형, 윈드 스텝. 화살로 안 된다면 검을 사용할 수밖에.

파바밧.

빠르게 접근하면서 지시를 내렸다.

부르탄, 기파!

기파에 순간 비틀거리며 아래로 떨어지는 아이게스.

무혁은 곧바로 아머나이트의 어깨를 밟고 뛰어올랐다.

아슬아슬하게 놈의 등에 올라탄 무혁은 납작 엎드린 후 인벤토리에서 단검을 꺼냈다. 그나마 약해보이는 뒷목을 노리며 단검을 내리꽂았다.

카가강!

쇳소리와 함께 손에 충격에 올라왔다.

뭐가 이렇게 단단해!

어금니를 깨문 채 같은 곳을 연이어 가격했다. 놈이 날아다니며 몸을 흔드는 탓에 균형을 잡기가 어려웠기에 공격의 횟수가 많지는 않았다.

그래도 꾸준히, 멈추지 않고 단검을 내리꽂은 결과 놈의 피부를 꿰뚫을 수 있었다.

후우, 됐고.

손잡이를 잡으니 균형을 잡기가 편했다.

떨어질 염려가 줄어든 것이다.

이제…….

날개를 찢어버릴 때였다.

왼손으로 단검의 손잡이를 잡은 채 몸을 틀었다. 어깻죽지에 있는 날개를 노리며 쿠르칸의 장검을 휘둘렀다. 역시나 쇳소리가 거칠게 울렸다.

계속 두드리면 아무리 단단한 쇠라도 금이 가게 마련.

멈추지 않고 끝없이 공격한 덕분에 날개 하나를 찢어버릴 수 있었다.

균형을 잃어버린 아이게스가 천장과 벽에 부딪히더니 이내 바닥에 고꾸라졌다.

무혁은 점프하여 착지한 후 놈과 거리를 벌렸다.

스윽.

몸을 일으킨 아이게스.

두 개의 머리에 달린 입이 꿈틀거린다.

키, 키히히히!

그 웃음이 전혀 두렵지 않았다.

아직도 되살린 키메라 여덟 마리가 온전했으니까.

남은 시간은 20분가량.

키메라가 사라지기 전에 아이게스를 끝낼 생각이었다.

자신감을 갖고 달려들었으나.

콰직. 서걱.

아이게스는 여전히 강했다.

왼손에 휩쓸린 스켈레톤은 반으로 갈라졌고 오른손, 해머에 찍힌 스켈레톤은 조각나며 부서졌다. 방패로 겨우 막았다 싶으면 근육질의 오른발이 뻗어 나왔고 그것마저 피하면 강철로 뒤덮인 왼발이 내리꽂혔다. 그나마 무혁이 능수능란하기에 죽었어야 할 스켈레톤 몇 마리가 살아남을 수 있었다.

뒤로 뺀 후 줄어든 HP가 차오를 때까지 대기시키기로 했다. 대신 키메라 여덟 마리가 놈을 포위한 채 조금 더 강하게 압박을 가했다.

죽은 자의 축복!

키메라의 줄어든 HP를 채워주고 다시 공격을 명령한다.

무혁은 그 사이를 누비며 검으로 놈을 공격했다.

[추가로 180의 대미지를 입힙니다.]
[아머아처1이 237의 대미지를…….]

무혁의 공격에 뼈 화살의 대미지. 쿨타임이 돌아올 때마다 쏟아지는 마법까지. 아머나이트와 아머기마병은 HP를 채우고 있지만 나머지는 놀지 않았다.

전투를 하면서도 지휘를 해야 했기에 머리가 아파올 지경이었지만 놈을 이기기 위해선 어쩔 수 없었다.

위기가 온다 싶으면 둔화의 독을, 위기를 넘기고 다시 위험해지면 환각의 독을, 끝끝내 버티다 어려워지면 약화의 마비와 출혈의 눈물을, 마지막으로 혼란의 물약과 장막의 물약까지.

하지만 여전히 아이게스는 강한 힘으로 키메라를 압박했다. 간간이 빠른 몸놀림으로 아머아처와 메이지를 노리며 달려들기도 했다. 그때마다 아머나이트가 나서 대신 맞아줬다.

그 대가는 죽음. 어느새 스켈레톤의 수가 절반으로 줄어들었다. 전투는 치열해져만 갔고 그럼에도 킬킬거리며 웃는 아이게스로 인해서 초조해졌다.

"흐아아압!"

정말 모든 것을 쥐어짜 내야만 했다.

단 한 줌의 집중력까지도.

여전히 놈은 거칠었고 어느새 무혁은 한계에 도달했다.

여기까지 어떻게 왔는데……!

쉽게 포기할 수 없었다.

그렇기에 어금니를 깨문 채, 악착같이 버텼다.

지독할 정도의 집념이었다.

연구에 집중하던 늙어버린 노인이 고개를 들었다. 로브를 쓰고 있어 얼굴이 보이진 않았지만 그의 시선이 향한 곳을 파악할 순 있었다.

탁자 위에 놓인 자그마한 불꽃이었다. 아니, 이제는 사그라진 불꽃이라고 해야 할까.

"꺼, 졌, 다?"

오랜만에 뱉어내는 목소리인 걸까. 탁한 걸 떠나서 거칠게 찢어지는 통에 제대로 알아듣기가 어려웠다. 그나마 한 글자씩, 끊어치듯이 말해서 이해할 수는 있는 수준이었다. 다만 목소리와는 별개로 눈빛만큼은 서늘했다.

꽤 공들여 만든 첫 번째 녀석이 죽었다는 소리였으니까.

뭔가가, 왔다. 재밌는 장난감이라고 나타난 것일까.

호기심이 치솟는다.

"크, 큭."

로브를 쓴 노인이 몸을 일으켰다. 멈추지 않는 웃음과 함께 연구실을 빠져나왔다. 입구를 지키는 희대의 역작을 한 번 바라본 후 다시 앞으로 나아간다.

플라이.

몸이 자연스럽게 떠오른다. 빠른 속도로 쏘아졌다.

후우웅.

이윽고 꺼진 불꽃의 상징, 아이게스가 존재했던 공간의 문을 열었다.

30분이 지나면서 키메라 여덟 마리가 역소환되었을 때는 좌절했다. 아머나이트가 모두 부서지고 아머아처와 메이지가 으스러졌을 땐 절망했다.

하지만 포기하지 않고 홀로 최대한 버티며 대미지를 욱여넣었다. 한계를 몇 번이나 넘어, 버티려고 했음에도 불구하고 몸이 기우뚱거리며 옆으로 쓰러졌을 때.

쿠웅.

아이게스 역시 뒤로 넘어갔다.

[중간 보스 몬스터 '아이게스'를 처리했습니다.]
[감히 경시할 수 없는 업적을 달성했습니다.]

[업적 포인트(20점)를 획득합니다.]
[대량의 경험치를 획득합니다.]

놈을 쓰러뜨린 것이다.

"하, 하하……."

현재 남은 HP가 150가량. 그걸 떠나 정신적으로 모든 힘을 사용해 버려 손가락 하나 움직일 수가 없었다. 정말 단 한 올의 힘도 남아 있지 않았다.

"후아……."

그냥 가만히 누운 채 시간을 보냈다.

지친 상태였지만 입가에 걸린 미소는 지울 수 없었다.

업적 포인트 20점.

놈을 본 것만으로도 포인트를 얻었고 녀석을 쓰러뜨리면서 또다시 20점을 획득했다. 한 번의 전투로 얻은 것치고는 과할 정도였다.

"고생한 보람은 있네."

기쁨을 만끽하고 있는 그 순간.

끼이익.

정면에 있던 철문이 열렸다.

로브를 깊게 눌러쓴 자와 눈이 마주쳤다.

[악의 끄나풀 흑마법사 '지케라'를 발견했습니다.]
[감히 상상도 할 수 없는 업적을 달성했습니다.]

[업적 포인트(30점)를 획득합니다.]
[퀘스트 '흑마법사의 위치'가 히든으로 변화합니다.]
[히든 퀘스트 '흑마법사, 지케라'를 달성했습니다.]

흑마법사였다.

무혁의 뇌리에 각인된 그 생김새, 그대로.

"너, 인, 가."

듣기 싫은 목소리가 들려온다.

하아, 보상이 좋기는 한데…….

죽음은 피할 수 없을 것 같았다.

"죽, 였, 나?"

아마도 아이게스를 말함이리라.

무혁은 고개를 끄덕였다.

"그래, 내가 죽였다."

지케라가 기괴한 미소를 지더니 손을 뻗었다. 강한 흡입력이 무혁을 끌어당겼다. 발버둥을 쳤지만 벗어날 수 없었다. 짧은 순간이었지만 무수한 생각이 흘러 지나갔다.

죽어야 하는 건가. 아니면 잡혀?

만약 잡혔는데 강제로 거점이 이동되면?

아주 가끔 그런 경우가 있다.

죽을 경우 마을에서 태어나야 하건만, 무슨 수를 쓴 건지 적군의 진영 한가운데에서 살아나도록 시스템이 바뀌어버리는 경우.

불길함이 치솟았다.

안 되겠어.

흑마법사의 손에 잡히는 순간 좋지 못한 일을 당할 것 같아서 검으로 목을 그었다.

[HP가 0이 됩니다.]
[사망하셨습니다.]

남아 있던 HP도 거의 없었기에 그 한 번의 공격으로 자살에 성공할 수 있었다.

"이, 런."

죽어버린 무혁을 바라보며 지케라가 혀를 찼다.

"설마 자살을 할 줄이야. 아쉽군."

오랜만에 만난 인간이었고 또 꽤 강해 보여서 몇 가지 실험도 견뎌낼 수 있을 것 같았기에 아쉬움은 더욱 컸다.

이내 고개를 저으며 아쉬운 마음을 털어버렸다. 그리곤 왔던 길을 되돌아갔다.

플라이.

어차피 조금만 있으면 세상이 손에 들어올 테니까.

캡슐에서 나온 무혁은 일루전TV부터 확인했다.

"허어."

방청자가 42,117명이었다.

물론 빠르게 줄어들고 있었다. 무혁이 죽어버렸으니까.

꺼버릴까. 고민했지만 이내 고개를 저었다.

뭐, 조금 있으면 다 나가겠지.

괜히 지금 껐다가 튕기면 방청하는 입장에선 짜증이 날 테니까. 스스로 원할 때 나갈 수 있도록 무혁도 24시간 방송을 유지하기로 했다.

일단 샤워나 좀 하자.

일루전에서의 전투가 너무 치열했다. 지금은 괜찮지만 괜히 기분이 찝찝했기에 깨끗하게 씻어버리기로 했다.

쏴아아아.

물기를 닦고 나와 침대에 누웠다.

푸후흐.

멍하니 시간을 보내다가 코를 골며 잠든 무혁이었다.

다음 날 아침. 눈을 번쩍하고 뜬 무혁은.

"으차."

몸을 일으킨 후 기지개를 켰다. 고개를 돌려 벽에 걸린 시계를 확인했다.

"헙……."

잠을 9시간이나 자버렸다.

후, 덕분에 쌩쌩하긴 하네.

기운이 펄펄했지만 일루전을 할 수 없다고 생각하니 괜히 시무룩해졌다.

헬스장이나 갈까.

그러다 곳곳에 놓인 상자들이 보였다.

음, 갔다 와서 싸자.

헬스장에서 운동을 한 후 목욕탕에서 반신욕으로 노곤함을 달랬다. 이후 집으로 돌아가 이삿짐을 꾸리기 시작했다.

상자 몇 개에 짐이 가득 찼지만 여전히 정리되지 않은 물건이 많았다. 무게가 많이 나가고 부피가 큰 것을 제외한 나머지를 빈 상자에 담았다.

그러면서 발견하게 되는 몇 가지 물건.

"어, 이게 여기 있었네."

잊고 있던 것들이 눈길을 끌었다.

나름의 추억인 걸까. 괜스레 미소가 그려졌다.

찾을 땐 없더니.

그 물건들도 상자에 담는다.

꽤 긴 시간 짐을 정리한 무혁은 휴식을 취할 겸 다시 노트북 앞에 앉았다. 검은 화면이 지속되고 있음에도 불구하고 나가지 않고 있는 방청자들이 보였다.

무려 1만 9천여 명.

"도대체 왜?"

왜 아직도 나가지 않은 것일까. 알 수가 없네.

채팅창을 확인해 봤다.

-근데 패널티 24시간이잖아요.

-글쵸.

-그때까지 기다리는 거죠?

-네, 그냥 켜두고 하고 싶은 거 하는 거죠.ㅋㅋㅋㅋ

-와, 대박이네.ㅋㅋㅋ

-골수팬들.

-과연 접속하기 전에 몇 명까지 떨어질까요.

-이미 10시간은 지났는데 이 정도 숫자면······.

-음, 3천 명?

-2천 명 예상.

-전 그래도 7,000명 정도는 남아 있을 듯.

-과연······.

-궁금하긴 하네요.ㅋㅋㅋ

-그래도 이제 14시간만 지나면 됨.

-ㅇㅇ

-근데 진짜 이아게스? 그 녀석이랑 전투한 건 대박이었음.

-인정. 지렸지.

-크, 갑자기 나타난 그 마법사도 장난 아닌 거 같던데.

-제대로 붙었으면 어떻게 되었을지······.

-근데 마법이 좀 차원이 달랐음.

-아마 무혁 님도 질 거를 예상하고 자살한 거 아니겠음?

-근데 설마 자살할 줄은 몰랐다.ㅋㅋㅋ

-행동력 지리고.

-아, 다음 이야기 궁금하다!

-어서 접속했으면 좋겠네요.ㅠㅠ

생각보다 채팅이 활발했다. 쉴 새 없이 글이 올라오고 있었다. 그 모습을 가만히 지켜보던 무혁은 문득 궁금해졌다.

쿠폰도 받았으려나?

곧바로 마우스 커서를 옮겨 쿠폰란으로 이동했다.

"……."

무혁이 눈을 비볐다.

[지급 받은 쿠폰 : 3,877개]

생각보다 더 많았다.

3,800개가 넘어?

1개에 85원. 현금으로 계산하면?

무혁은 서둘러 휴대폰에서 계산기를 켰다.

3,877 곱하기 85. 329,545원이었다.

꽤나 큰 금액이었다.

아직 초창기라고 들었는데 이 정도라니 좀 의아했다.

그러고 보니 내가 몇 위지?

이번엔 순위를 검색했다. 추천 순서로 봤을 때는 신인 랭킹 2위였고 쿠폰 순서로 보면 신인 랭킹 4위였다.

일일 최고 접속자로 보니 무려 신인 랭킹이 1위였다.

물론 전체로 따지면 순위가 훅 떨어지긴 했지만 그래도 하루 이틀 만에 이 정도 성적이라면 정말 대단한 것이었다.

으음, 순위가 높구나.

이렇게 인기를 얻을 거라곤 생각도 못 했지만 그렇다고 방송하는 방식을 바꿀 생각은 없었다. 지금까지처럼 게임에만 집중할 생각이었다.

볼 사람은 보겠지.

그래도 수입이 나오니 기분이 좋기는 했다.

이걸로 뭘 할까.

매달 750만 원. 그리고 방청자가 주는 쿠폰.

으음, 이걸로······.

아무리 생각해 봐도 마땅히 사용할 곳이 없었다.

결국 일루전 주식인가.

혹여 돈이 필요하게 되더라도 문제는 없었다. 그때 가서 주식을 팔면 되기 때문이다. 일루전 주식이야 올리기만 하면 바로바로 팔릴 정도니까.

휴대폰 증권사 앱을 열고 매수 주문을 걸었다.

[일루전 주식(1주)을 매수하셨습니다.]
[일루전 주식(2주)을 매수하셨습니다.]
[일루전 주식······.]

순식간에 매수 목표치가 달성되었다.

주당 649만 원.

본래 있던 것까지 더해서 총 176주가 되었다.

남은 돈은 590만 원.

이 정도면 생활비로는 차고도 넘친다.

무혁은 멍하니 있다가 다시 짐을 싸기 시작했다.

그래, 오늘 끝내 버리자.

얼추 정리한 후 이삿짐센터에 전화를 걸었다.

"오늘은 안 된다고요?"

시간이 없다는 대답이었다.

"알겠습니다."

다른 곳에 전화를 걸었다.

"아, 네. 별수 없죠."

모레부터 예약이 된다는 말에 통화를 종료했다.

후, 생각보다 귀찮네.

다섯 곳에 전화를 더 돌리고서야 오늘 바로 이사가 가능하다는 업체와 연결이 되었다.

"네, 포장이사 지금 바로요. 식기나 옷가지는 대충 싸놨고요. 음, 침대 하나랑 책상, 의자 정도요. 네, 1톤이면 되겠죠? 알겠습니다."

30분 안으로 도착한다는 소리를 듣고 전화를 끊었다.

다음은 집에 있을 어머니였다.

"엄마, 오늘 짐 싸서 가려고."

-잘됐네. 몇 시쯤 오는데?

"음, 1시간 뒤?"

-금방이네. 알겠어.

통화를 종료하고 침대에 누워 기다렸다.

딩동.

"누구세요."

-이삿짐센터입니다.

"아, 네."

문을 열어주자 세 명의 중년인이 보였다.

"일단 확인부터 할게요."

"네."

"음, 세탁기랑 냉장고도 있네요?"

"바로 옆에 고물상 있는데 거기에 팔 거라서요."

"그래요?"

"네."

"알겠습니다. 그럼 나머지 물건들 바로 포장하겠습니다."

"네."

무혁은 대답한 후 곧바로 중고상에 전화를 걸었다.

"네, 중고 냉장고랑 세탁기요. 아, 바로 오신다고요? 알겠습니다."

거리가 가까워서 5분도 되지 않아 중고상을 운영하는 남자가 나타났다. 그는 세탁기는 5만 원, 냉장고는 7만 원에 구입하겠다고 했고 무혁은 고개를 끄덕였다.

"그렇게 하죠."

"감사합니다."

세탁기와 냉장고를 끌고 사라지는 남자. 그사이 포장도 거의 다 되었다.

"다 됐습니다. 어디로 갈까요?"

"네, 주소는……"

본가의 주소를 불러준 후 그 앞에서 보기로 했다.

무혁은 중요 물건이 담긴 가방을 메고 주차장으로 향했다. 세워진 차량에 탑승한 후 시동을 걸고 출발했다.

가는 길이 같아서인지 가는 동안 무혁의 짐이 실린 1톤 트럭이 자주 보였다. 그래도 무혁이 조금 더 일찍 도착했다.

"아들, 왔어?"

"응, 짐도 금방 올 거야."

"그래그래."

곧바로 1톤 트럭이 도착했다.

"어디로 옮길까요?"

"어, 따라오세요."

확실히 프로들이라 그런지 짐을 옮기는 것도 순식간이었다.

"끝났습니다. 가격은……"

"여기요."

"감사합니다."

값을 치른 후 물건들을 보다 완벽하게 정리했다.

"아들, 밥은?"

"아직."

"금방 차려줄게, 먹고 정리해."

"어, 알겠어."

확실히 집에 오니 이런 건 편했다.

밥 차려주는 엄마도 있고, 심심하지도 않을 것 같았다.

얼마 지나지 않아 강지연이 왔는데 오자마자 티격태격거렸다.

"아무튼 잘 왔어!"

이어지는 등짝 스매쉬.

쫘아악.

엄청난 고통에 무혁이 미간을 찌푸렸다.

"아, 진짜. 누나!"

"왜?"

"아프잖아!"

"그럼 너도 치든가."

강수연이 몸을 앞으로 내밀었다.

"어유, 진짜 때려 버릴까 보다."

"어머, 남자가 돼서 여자를 때린다고?"

"하아."

나이 서른이 넘어서 뭐하는 짓인지.

무혁은 고개를 저었다.

"참, 나중에 나 일루전에서 파티 좀 해주라."

"싫어."

"아, 왜!"

"때렸잖아."

"헤헤, 미안."

"꺼져."

"어깨라도 주물러 줄까."

"흐음……."

그래도 달라진 건 분명히 있었다. 예전에는 진심에서 우러 나오는 짜증스러움으로 싸웠다면 지금은 조금. 아주 조금은 애정이 깃든 상태에서의 싸움이랄까. 뭐, 별 차이 없지만.

저녁에는 아버지가 일을 마치고 돌아왔다.

"그래, 잘 왔다."

오랜만에 가족들이 모여 저녁을 먹었다. 다 먹은 후에는 거 실에서 과일을 먹으며 이런저런 이야기를 나눴고 또 TV를 보 면서 함께 웃었다. 나쁘지 않았다. 아니, 좋았다.

덕분에 일루전이 거의 생각나지 않았으니까.

패널티 24시간이 끝났을 때.

무혁은 깊은 잠에 빠져 있는 상태였다.

-패널티 끝!

-24시간 지났습니다! 무혁 님, 접속해 주세요!

-어서, 어서!

그 사실을 모른 채 꽤 많은 방청자의 독촉이 이어진다.

-아, 왜 접속을 안 하죠!

-어서 해달라고요.ㅠㅠ

-저기, 님들아. 흥분은 가라앉히시고……

-가라앉히게 생겼음?

-아니, 그게 지금 시간을 좀 보세요.

-이제 저녁 11시 55분인데. 왜요?

-허허, 보통 사람은 잠 잘 시간이잖아요. 무혁 님도 주무시고 계실 거 같은데…….

-아, 이런. ㅅㅂ.

-아, 미친.ㅠㅠ

-아침까지 기다려야 하나…….

-주무시고 오시죠, 님들도.

-저 올빼미족임.

-ㅋㅋㅋㅋ 불쌍.

-전 자러 감. ㅂ2. 물론 켜놓고.ㅎㅎ

-저도 30분만 더 있어보다가 가야겠네요.

-전 20분만.ㅎㅎ

그들은 결국 포기한 채 각자의 할 일로 돌아갔다.

조용해진 채팅방. 새벽녘이 고요히 흘러가고, 오전 7시가 되었을 무렵 드디어 그 깊었던 적막감이 깨어졌다.

무혁이 일루전에 접속한 덕분이었다.

-와, 드디어······!
-검은 화면 사라졌다. 대박ㅠㅠ
-감사합니다!

줄었던 시청자 수가 빠른 속도로 증가했다.

신전에서 되살아난 무혁은 일단 퀘스트부터 확인했다.

[흑마법사, 지케라(히든 퀘스트)]

[흑마법사의 위치에 대한 단서가 아니라 그의 위치를 정확하게 파악했다. 이 사실을 아뮤르 공작에게 알려라.]

[성공할 경우 : 극대량의 경험치, 업적 포인트, 헤밀 제국 공헌도.]

좋은데?

보상에 적힌 글귀만으로도 흡족했다. 이건 시간을 더 지체할 것도 없이 곧바로 클리어하라는 소리와 다름이 없었다.

무혁은 성내로 향해 아뮤르 공작과 마주 앉았다.

"생각보다 훨씬 빨리 왔군."

"네."

"그래, 아무것도 발견하지 못해서 포기한 건가. 아니면······"

"발견했습니다."

"호오, 정말인가."

"네."

"그럼, 어디 들어볼까."

"단서를 보고 찾아간 연구소에서 작은 힌트를 발견했습니다. 그 힌트를 따라 알포노 산맥으로 향했죠."

"알포노 산맥이라."

"거기를 살펴보던 와중에……."

본격적인 이야기가 시작되고.

"으음."

아뮤르 공작은 수시로 고개를 끄덕거리거나 탄성을 내뱉었다. 이야기가 끝이 났을 땐 심각한 표정을 감추지 못한 채로 무혁을 쳐다봤다.

"정말인가."

"네."

"으음. 확인이 필요하네."

"물론입니다."

아뮤르 공작은 곧바로 마법사 한 명을 무혁이 말한 위치로 보냈다. 능력 있는 마법사였는데 플라이 마법과 블링크를 번갈아 사용하면서 최단 기간에 목적지를 주파했다.

몇 시간도 되지 않아서 결과물이 나타났다.

"다녀왔습니다, 공작님."

"오. 그래, 어땠던가요?"

공작도 마법사에게는 말을 낮추지 않았다.

"사실이었습니다."

"그럴 수가……!"

동시에 메시지가 몇 줄 떠올랐다.

[히든 퀘스트 '흑마법사, 지케라'를 완료합니다.]

[극대량의 경험치를 획득합니다.]

[레벨이 상승합니다.]

[업적 포인트(150점)를 획득합니다.]

[헤밀 제국 공헌도(1,500점)를 획득합니다.]

아뮤르 공작이 무혁을 쳐다봤다.

"자네 말이 사실이었군."

"네."

"설마 이 정도로 해낼 줄은 상상도 못 했어. 정말 고생이 많았네. 대륙 모든 왕국과 제국에 서신을 보내어 정예만을 추린 후 그곳으로 향할 생각이네. 자네도 함께하겠나?"

무혁의 눈동자가 흔들렸다.

본래라면 흑마법사 지케라가 먼저 모습을 드러내 마을과 왕국, 그리고 제국에 상당한 피해를 주는 것이 순서였다.

그런 후에야 겨우 그의 위치를 파악할 수 있었던 탓이다.

그런데 이번에는 무혁의 개입으로 과정이 완전하게 달라졌다. 이게 긍정적일지, 혹은 부정적일지는 모르겠지만 이 좋은 기회를 놓치고 싶은 생각은 없었다.

"물론입니다."

무혁에게만 떠오른 메시지.

[에피소드1, '죽어버린 자'가 시작됩니다.]

[믿을 수 없는 업적을 달성합니다.]

[업적 포인트(50점)를 획득합니다.]

[극대량의 명성(2,000점)을 획득합니다.]

아뮤르 공작이 말을 이어갔다.

"위치가 정확하게 파악이 된 이상 자네만이 아니라 실력 있는 이방인도 모아야겠군."

"좋은 생각입니다."

"공표는 지금 당장 해야겠어. 자네도 고생이 많았네. 자네는 이방인들의 대표가 되어 그들을 끌어주면 좋겠군."

"알겠습니다."

"그래, 출발은 내일 오전으로 하지."

높은 자리일수록 보상 역시 높아지는 법.

무혁은 순순히 받아들였다.

그리고 그날. 포르마 대륙 유저들에게 날아든 홀로그램.

[에피소드1, '죽어버린 자'가 오픈됩니다.]

[대륙을 공포로 몰아넣었던 마지막 흑마법사의 위치가 밝혀졌습니다. 왕국과 제국이 힘을 합쳐 정예 병력을 모은 상태입니다. 당신은 흑마법사를 상대하기 위한 발걸음에 동참하실 수 있습니다. 함께하시겠습니까?]

[Yes/No]

일루전 역사상 첫 에피소드가 공개되었다.

홈페이지 게시판이 뜨겁게 달궈졌다.

[제목 : 와, 에피소드1? 대박이다!]

[내용 : 지금 다들 에피소드1, 퀘스트 받으셨죠? 저 오줌 쌀 뻔했습니다. 사실 요즘 사냥만 한다고 지루했는데…… 완전 감사합니다!]

-렌쥐로버 : ㅋㅋ, 에피소드 이름이 죽어버린 자임. 벌써부터 기대되지 않음?

└뭐스탱 : 레알, 뜨자마자 바로 수락함.

└렌쥐로버 : 저도요.ㅋㅋㅋ

└캄아로 : 난이도가 좀 있으면 좋겠네요.

└아방떼 : 엄청 높을 거 같은데요.

└캄아로 : 그럼 좋고요.

└아방떼 : ㅋㅋ 유저 엄청나게 모이겠네요.

└캄아로 : 뭐, 적당히 자신 있는 유저만 오겠죠.

└렌쥐로버 : 아니라도 뭔가 방법을 내겠죠.

엄청난 관심도였다.

그런 관심이 집중되면서 몇 가지 사실이 밝혀졌다.

[제목 : 에피소드1, 밝힌 사람 누군지 아시나요?]

[내용 : 저는 에피소드1, 죽어버린 자 퀘스트를 발동시킨 유저가 누군지 알고 있답니다. 아마 저 말고도 아는 사람이 꽤 있을 거예요. 그렇죠?ㅎㅎ]

-우울 : 헛소리 사절요.

└폰카 : 헛소리 아니에요. 모르면 조용하세요.ㅋㅋ

└우울 : 그럼 누군지 말해보시든가.

└폰카 : 풉. 말하면요?

└우울 : 공식 사과하죠.

└폰카 : 그래요? 그럼 알려드리죠. 최상위 랭커에 있는 조폭 네크로맨서, 무혁 님입니다. 못 믿으시면 일루전TV에 들어가서 지난 방송 보세요.

이후 선우의 댓글은 달리지 않았다. 공식 사과도 없었고.

-폰카 : ㅉㅉ. 역시 넷상의 말은 믿을 게 못 되네요. 우울 님, 다음에

보이면 저격 들어갈 테니 알아서 잘 처신하세요.

이 정도는 약과였다.

[제목 : 와, 무혁님 최고예요!]
[제목 : 역시 최상위 랭커네. 에피소드를 열어버리네.]
[제목 : 에피소드, 고맙다.]

생각보다 무혁을 언급하는 게시물이 많았다. 덕분에 일루전
TV 방청자가 늘었다.

"하아."
무혁은 저녁을 먹은 후 일루전TV에 접속한 방청자를 확인
하면서 깊은 한숨을 내쉬었다. 많아도 너무 많았던 것이다.
이거, 참.
무려 9만 2천여 명. 당당히 신인 랭킹 1위를 차지했고 기존
BJ를 포함하여 총 순위 5위에 올랐다.

-에피소드1, 열어버린 사람이 무혁 님 맞죠?
-맞아요.ㅋㅋ
-와, 최강자 토너먼트에서 우승한 것도 대단했는데…….
-전 출장을 와서ㅠㅠ……. 하아, 젠장. 진짜 대박 퀘스트인데 같이
못 하겠네요. 대신 짬짬이 방송 보면서 서러움을 달래려합니다. 후

우……

-와, 진짜 불쌍하네요. 힘내세요…….

-고마워요.ㅠㅠ

-ㅋㅋㅋ 저는 퀘스트 수락했습니다. 내일 오전 9시부터 모여야 하던데. 완전 기대되네요. 오늘은 여유롭게 정비나 해야겠어요.

-염장질…….ㅋㅋㅋ

-근데 무혁 님은 언제 접속하려나요.

-기다리는 중.

-어서 오세요. 쿠폰 쏩니다.

-오, 50장.

잠깐 보던 채팅을 꺼버렸다.

"흐음."

할 일이 없어서 내일 아침 일찍 접속할 생각이었는데 기다리는 방청객들을 생각하니 그럴 수가 없었다.

애초에 그냥 소통 없이 방송만 틀어놓기로 결심했었지만 지금처럼 많은 사람이 기다려 주고 좋아해 주니 신경이 쓰는 것도 사실이었고. 뭐, 접속도 하긴 해야겠고.

그전에 확인차 성민우에게 톡을 보냈다.

[뭐 하냐.]

[밥 먹는 중.]

[퀘스트 받았냐.]

[ㅇㅇ.]

[그거 내가 연 거임.]

[미친. 아뮤르 공작이 줬다는 퀘스트가 그거였어?]

[ㅇㅇ.]

[대박이네. 내일은 같이 하는 거?]

[어, 내일 보자.]

[ㅇㅋ]

다음으로 예린에게 보냈다.

[예린아, 뭐 해?]

[아, 오빠. 밥 먹구 있었지.]

[에피소드 퀘스트는?]

[그거? 받았냐구?]

[어.]

[당연하지. 참, 오빠는?]

[나도 받았지.]

[헤헤, 그럼 내일 보면 되겠다!]

[지금 보고 싶은데?]

[치, 바보.]

연애는 유치하다던가.

이런 대화가 참 재밌었다.

[그럼 내일 봐, 오빠!]

[그래.]

애정 어린 대화를 마치고 일루전에 접속했다.

사냥을 하기엔 애매한 시간이었으므로 정비를 하기로 결정을 내렸다.

현재 지닌 업적 포인트와 공헌도를 확인했다.

[업적 포인트 : 265점]

[공헌도(헤밀 제국) : 1,620점]

[공헌도(위브라 제국) : 72점]

공헌도는 조금 더 모으고 업적 포인트는 쓰자.

헤밀 제국의 신전으로 향해도 되지만 안면이 있는 곳이 더 편할 것 같았기에 위브라 제국의 신전으로 이동했다.

아, 그전에.

무혁은 일루전TV를 꺼버렸다.

미안하지만, 별수 없지.

스킬이나 스탯은 상관없지만 이런 숨겨진 정보는 아직 알려 줄 생각이 없었다.

신전에 도착해 대신관을 만났다.

"오랜만입니다."

"네."

"오늘은 어쩐 일로 오셨는지요."

"업적 상점을 이용하려고요."

대신관의 눈이 커졌다.

"허허……."

벌써 세 번째 이용이었다. 이처럼 자주 업적 상점을 이용하는 자를 대신관은 본 적이 없었다.

"대단하시군요."

"별말씀을."

"안내하겠습니다."

대신관의 안내를 받고 들어선 공간, 업적 상점.

어둠 속에서 열린 상점을 훑었다.

눈에 들어오는 한 가지.

[업적 상점 2단계]
[필요 업적 포인트 : 100]

물론 욕심을 내지 않고 물리 공격력 물약이나 방어력 물약을 구입할 수도 있을 것이다.

하지만 2단계에 올라가면 왠지 스탯 물약이 나올 것만 같은 예감이 들었다. 스탯을 올리면 무혁 본인만이 아니라 스켈레톤까지 강해지니 당연히 공격력이나 방어력보다 훨씬 더 효율이 높았다.

100점. 99점이면 물리 공격력을 33이나 올릴 수 있다.

그걸 포기해야 하는 것이다.

만약 2단계로 갔는데 스탯이 없으면?

있을 수도 있는 거잖아.

지금 추세라면 업적 포인트를 다시 얻는 것도 불가능한 건 아니었다. 2단계로 올린 후 업적 포인트를 꾸준히 사용한다면 분명 이득이리라.

"후우."

결정했다. 구매!

홀로그램이 눈을 어지럽혔다.

[업적 상점 2단계를 구매하셨습니다.]

[업적 포인트(100점)를 차감합니다.]

[업적 포인트 1단계]

[업적 포인트 2단계]

서둘러 2단계를 클릭했다.

[힘의 물약]

힘(1)을 영구적으로 상승시킨다.

[필요 업적 포인트 : 15]

[민첩의 물약]

[체력의 물약]

…….

지혜와 지식도 있었다.

역시……. 힘을 올리면 공격력이 3씩 오르고 공격 속도와 이동 속도가 상승한다. 게다가 소환수는 0.3만큼 힘 스탯이 상승하게 된다. 15포인트라면 충분히 구입할 가치가 있었다.

아니, 넘치지.

웃지 않을 수 없었다.

[힘의 물약(5개)을 구입하시겠습니까?]

5개를 구입하니 75포인트가 소모되었다.

남은 포인트는 90.

민첩과 체력의 물약을 3개씩 구입하니 딱 맞아떨어졌다.

곧바로 물약을 모두 마셨다.

[힘(1)이 상승합니다.]×5

[민첩(1)이 상승합니다.]×3

[체력(1)이 상승합니다.]×3

이후 공간에서 나와 대신관에게 인사를 한 후 신전을 벗어났다.

일루전TV On.

그리고 조심스럽게 채팅을 주시했다.

-어, 다시 된다.

-그러네요. 갑자기 어두워졌었는데 나갔던 건가?

-그런 듯?

-아무튼 다시 들어왔으니 정비합시다!

-에피소드를 위하여!

-ㅋㅋㅋㅋ, 그리고 보니 무혁 님 아이템 궁금하네.

-이번에 정비하면 볼 수 있지 않을까요.

다행히 반발은 없었다.

그냥 나갔다고 생각하는구나.

가끔 이용할 수 있을 것 같았다.

-무혁 님, 보고 계시네. 아이템 좀 보여주세요!

-능력치도요!

-궁금합니다. 보여주면 쿠폰 드릴게요!

-저도요!

무혁은 화면을 끄고 잡화점을 들렀다. 쌓아뒀던 잡템을 팔
고 필요할지도 모를 몇 가지 물건을 구입했다.

"감사합니다!"

다음은 음식점이었다.

"어서 오세요."

"아, 네."

"찾으시는 거라도 있으신가요?"

"알아서 둘러볼게요."

친절을 사양한 채 천천히 내부를 훑었다. 어차피 인벤토리에 넣으면 시간의 흐름이 멎기에 고기 같은 것들도 대량으로 구입했다. 추가로 맛을 첨가해 줄 향신료까지.

어차피 현실도 아닌 가상이기에 몸에 좋은 것, 좋지 않은 것을 구분할 필요가 없었다.

맛있으면 장땡이다.

"이렇게 주세요."

"네, 알겠습니다!"

직원이 음식을 보관함에 넣어줬다. 향신료와 함께 인벤토리에 넣은 후 음식점을 나섰다. 딱히 할 일이 없었던 무혁은 고민하다가 착용하고 있는 아이템 중에서 알려져도 상관없을 수준의 적당한 것 몇 개만 확인했다.

정비하는 척이랄까.

시청자를 위한 자그마한 이벤트였다.

더 이상은 할 게 없었기에 로그아웃을 했다.

내일 접속해야지.

캡슐에서 나와 잠시 침대에 뒹굴거렸으나 잠이 오지 않아

거실로 나갔다.

드라마를 보고 있는 강지연의 옆에 털썩하고 앉았다.

"재밌어?"

"어어. 뭐야, 일루전 안 하네?"

"에피소드, 몰라?"

"당연히 알지. 그것 때문에 난리인데."

"참가하려면 정비해야지. 사냥하기엔 시간이 애매하잖아."

"아하."

"누나는 참가할 거야?"

"해야지."

"정비는 끝냈고?"

"정비는 무슨. 저 레벨이라 그런 거 필요 없어."

"아, 그러서."

"그렇소. 시끄러우니 조용하시게."

그 말에 입을 다물었다.

가만히 드라마를 봤지만 썩 재밌진 않았다.

"저게 재밌나."

"남자는 모르는 여자만의 감성이란 게 있단다."

"감성 좋아하네."

"꺼져, 병신아."

"허어, 지금 실수하는 거 같은데?"

"실수는 무슨. 꺼지라고!"

"내가 에피소드에서 유저들 총 책임……."

"시끄러우니 꺼져!"

발로 차기 시작하는 강지연.

무혁은 별수 없이 소파에서 일어나 뒤로 돌아갔다.

"진짜 후회하지 마라."

"어, 안 해."

"진짜로!"

이젠 대답도 없었다.

그저 드라마를 보며 웃고 웃을 뿐이었다.

별수 없이 방으로 돌아간 무혁.

침대에 누운 채로 진지하게 고민했다.

어떤 자리가 좋으려나.

강지연에게 줄 최악의 자리가 과연 어디일지를 말이다.

무혁이 일루전TV에서 나가고.

-아이템 스샷 찍었음!

-상당히 좋던데.

-근데 최상위 랭커치고는 그냥 그렇지 않았음?

-님들 바보예요?ㅋㅋ

-왜요.

-진짜 좋은 아이템은 안 보여줬겠죠.

-아, 그런가.

-누가 자기 정보 전부 까겠음?

-하긴

-캬, 지리네요. 보여줘도 상관없는 수준이 그 정도라는 거잖아요.

-그렇죠.

-숨겨진 아이템은 얼마나 대단하려나.

-에피소드에서 활약 엄청 할 듯.

-저도 내일 에피를 기대하면서 이만 자러 갑니다.

-ㅂ2

-저도요. 다들 재밌었음.

-ㅂㅂ2

　재밌는 것은 자러 간다고 했던 사람들도 방송을 끄지는 않았다는 사실이었다.

　켜놓은 채로 그렇게 시간이 흘러 아침이 되었다.

-반가워요

-굿모닝

-지금 8시 넘었으니까 슬슬 접속 시간인 거 같은데요.

-9시까지 모여야 하니 곧 접속할 듯.

-다들 아침은 뭐 드셨나요.

-여친이 차려주는 한정식^^

-꺼져.

-ㅋㅋㅋㅋㅋ, 장난입니다.

-저도 농담이었어요. ㅎㅎ

-그냥 라면이나 먹었죠.

-저도 대충 김치랑.ㅎㅎ

-으…… 근데 일루전은 안 하세요?

-출장왔습니다…….

-출장 마사지……?

-꺼져.

-농담입니다. 아무튼 출장이면 어제 그분이시군요.

-네…… 또르르.

-저는 사실 일루전 올인파라서 접속하기 전에 잠깐 외봤어요.ㅋㅋ

-하…… 농락당하네.

-ㅋㅋㅋㅋㅋㅋㅋ, 수고하셈!

그 순간 검은 화면이 일렁거렸다.

곧이어 익숙한 풍경이 눈에 들어왔다.

-들어왔다!

-헤밀 제국 광장이네요.

-와, 사람 진짜 많네.

-미어터질 듯.

-못 움직이는 거 같은데요?ㅋㅋㅋㅋ

방청자의 말대로였다.

읍……!

유저가 너무 많아서 접속하자마자 사람들 사이에 끼어버렸다. 주위를 둘러보니 적당한 높이의 건물이 있었다.

파밧.

지면을 강하게 차서 뛰어올랐다.

"우와……."

"뭐야, 저걸 올라갔네?"

"스킬이겠지."

"아, 그런가."

"야, 바보야. 무혁이잖아, 무혁!"

"무혁?"

"아, 그 조폭 네크로맨서?"

"헉. 최상위 랭커……!"

"우와, 아이템이 멋있긴 진짜 멋있다."

"난 첫눈에 알아봤다니까."

유저의 시선과 대화를 무시한 채 성내로 향하는 길을 확인했다.

저기는 괜찮네.

성내 주변은 유저가 아예 없었다. 정확하게 말하자면 병사들이 접근하려는 유저를 막아선 상태다.

명패를 보여주면 되겠지.

고민을 접고 다시 건물을 뛰어올랐다.

좀 나아가다 바닥에 착지했다.

그 모습을 본 누군가가 헛숨을 들이켰다.

"어, 저 유저 큰일 났네."

"왜?"

"저기 병사들이 지키고 있는데 그냥 들어갔잖아."

"그래? 근데 그게 큰일이냐?"

"큰일이지."

"뭐, 죽이기라도 하나?"

"못 봤구만."

"뭘?"

"아까 어떤 유저가 저기 들어갔다가 병사가 나가라고 하니까 싫다고 반항했잖아."

"그래서?"

"그래서는 무슨. 바로 끽."

"죽었다고? 진짜?"

"그렇다니까."

주변 유저들의 시선이 무혁에게 집중된 그 순간 병사가 움직였다.

"거기!"

창을 들고 다가오는 다섯 명의 병사.

"와, 기세 봐라."

"근데 너 병사 이길 수 있냐?"

"음. 글쎄."

"지냐?"

"붙어봐야 알겠지? 예전에는 100퍼센트 졌는데 지금은 나도 레벨이 130이라고. 기사한테는 지겠지만 병사라면 또 모르지. 그래도 다섯이면 무조건 죽어."

"인정. 근데 저 유저 랭커 같은데."

"최상위 랭커라도 죽는다에 한 표."

"나도."

"멍청아, 그럼 내기가 성립이 안 되잖아."

그때 병사가 무혁의 앞에 멈췄다.

"이곳은 통제된 공간이다. 어서 밖으로 나가도록."

병사의 압박에 무혁이 품에서 명패를 꺼내어 내밀었다. 그것을 알아본 병사의 눈이 커졌다.

"아뮤르 공작님을 뵈러 왔습니다."

"아, 아뮤르 공작님을?"

아뮤르 공작이란 이름에 더 놀라워한다.

뒤쪽에 있던 병사가 황급히 뛰어왔다.

"아, 무혁 님!"

"또 뵙네요."

평소 무혁을 아뮤르 공작에게 안내해 주던 그 병사였다.

"아는 분이십니까?"

"그래, 아뮤르 공작님과 가까운 분이시니 길을 터라."

"아, 알겠습니다!"

그렇게 병사와 함께 나아갔다.

지켜보던 유저들은 하나같이 놀라워했다.

"뭐, 뭐야?"

"왜 병사가 저렇게 깍듯한 거지?"

"와, 대박이다."

"부러워!"

"무혁 님, 저도 데리고 가주세요!"

수많은 외침이 고막에 꽂혔다.

그 사이에서 들려온 낯익은 목소리와 호칭.

"아, 잠시만요."

"왜 그러십니까?"

"동료 두 명이 있는데, 같이 가도 되겠죠?"

"전에 그분들이신가 보군요."

"네."

"물론 됩니다."

웃으며 좌우를 살폈다.

"여기, 여기야!"

"오빠!"

유저들 속에 파묻힌 성민우와 예린이 보였다.

"잠깐만요!"

"길 좀……!"

힘겹게 밀치고 나온 두 사람.

"후, 목 아파 죽을 뻔했네, 진짜."

"나두."

"이렇게 사람이 많을 줄은 몰랐지."

"진짜 많기는 하다. 그보다 난 네가 우리 목소리 계속 못 들으면 어쩌나 했다니까."

"들었음 됐지, 뭐."

"오빠, 근데 우리도 같이 가도 돼?"

"어, 된대."

"와, 다행이다. 사람이 너무 많아서 얼마나 답답했다구."

지켜보던 병사가 조심스레 다가왔다.

"그럼 성내로 가실까요?"

유저들의 부러운 시선을 받으며 성내로 진입했다.

"이제야 좀 살겠네."

"우리 오빠가 최고야!"

무혁은 안겨 오는 예린의 머리를 쓰다듬어줬다.

"참, 공작님은 어디에 계시죠?"

"지금 출정 준비 중입니다. 안내하겠습니다."

"고마워요."

병사를 따라 중앙에 마련된 연무장으로 향했다.

도착하기도 전에 목적지가 어디인지 알 수 있었다.

저 멀리, 어느 공간에서 뿜어지는 압도적인 기세가 벌써부터 피부를 저릿하게 만들었으니까.

"저기군요."

"느껴지십니까?"

"물론이죠."

거리가 좁혀질수록 기세는 강해졌다.

엄청난데.

곧이어 연무장, 그 넓은 공간을 가득 채우고 있는 일단의 무리가 시야에 들어왔다. 단상으로 보이는 곳에는 아뮤르 공작을 포함한 몇 명의 귀족이 자리를 잡고 있었고, 그 아래에는 기사를 포함한 전투 NPC가 대열을 갖추고 있었다.

궁수, 마법사, 사제까지. 정말 제대로 된 정예 병력이었다.

"……반드시 뿌리를 뽑을 것이다!"

아뮤르 공작의 목소리였다.

와아아아아아!

그 뒤에 이어진 함성.

마침 아뮤르 공작이 단상에서 내려오고 있었기에 천천히 그에게 다가갔다.

"오, 자네로군."

다행스럽게도 그가 먼저 인사를 해왔다.

"네, 밖에서 기다리려다가 들어왔습니다."

"잘했네. 총책임자라면 당연히 나하고 움직여야지."

아뮤르 공작이 성민우와 예린을 쳐다봤다.

"두 사람도 반갑군."

"반갑습니다."

"안녕하세요!"

"허허, 그래. 밝아서 좋구만. 그럼 가지."

아뮤르 공작이 움직이자 모두가 따라서 움직였다.

귀족과 마법사, 사제가 그의 뒤쪽에 붙었고 다음으로 기사단, 마지막으로 궁수병이 자리를 잡았다. 그런 이들을 모두 제치고 선두에 선다는 게 사실 조금 부담스러웠다.

"저흰 뒤에서 따라가겠습니다."

"그러게."

아뮤르 공작도 무혁의 마음을 아는지 흔쾌히 고개를 끄덕였다. 행렬이 지나가기를 기다린 후 가장 후미에 위치했다.

"와, 압박감 장난 아닌데."

"각 왕국이랑 제국에서도 온다던데……."

그들이 다 모인다면?

생각만으로도 소름이 돋았다.

"근데 아까 그건 무슨 소리야?"

"뭐?"

"네가 이방인을 이끈다는 거."

"아, 내가 총책임자야."

"허, 진짜?"

"어."

성민우가 히죽히죽 웃었다.

"좋은 자리 좀."

"흠, 하는 거 보고."

"아, 왜!"

"오빠, 나는?"

"우리 예린이는 당연히 내 옆에 있어야지."

"헤헤, 최고!"

"와, 우정보다 사랑이냐?"

"장난이야, 인마."

수다를 떨다 보니 어느새 성문 앞에 도착했다.

문이 열리고 기다리고 있던 무수한 유저 앞에 모습을 드러냈다. 헤아릴 수 없을 정도로 많은 저들이 무혁의 휘하에서 움직이게 되리라.

병사들이 만들어 놓은 경계선.

그 안에서 아뮤르 공작이 걸음을 멈췄다.

성문이 닫히고.

뒤쪽에 있던 마법사가 주문을 외웠다. 직후 아뮤르 공작이 주변을 둘러보며 말을 내뱉었는데 그 소리가 공간을 가득 채울 정도로 거대했다.

단지 크기만 한 것이 아니라 멀리, 아주 멀리까지 정확하게 뻗어 나갔다. 마법사가 사용한 증폭 마법 덕분이었다.

"이렇게 요청에 응해주어 고맙습니다. 흑마법사는 반드시 물리쳐야 할 악입니다. 그 행보에 힘을 보태줄 여러분에게는 상황이 종료된 후 합당한 보상을 내릴 것을 약속합니다."

보상이란 단어에 유저들이 반응했다.

"우오오오오!"

"보상, 좋다!"

그에 아뮤르 공작이 손을 들었다.

순식간에 조용해지고.

"단, 정확한 역할의 분담이 필요하기에 총책임자의 말을 잘 따라야 할 것입니다. 그럼 소개하도록 하겠습니다. 이방인 여러분을 책임지게 될 총책임자입니다."

아뮤르 공작이 무혁을 쳐다봤다.

나가지 않을 수가 없었다.

"크흠……."

헛기침으로 쑥스러움을 날려 버린 후 손을 들어 투구를 매 만졌다.

그나마 얼굴이 가려진 상태라 머뭇거리지 않을 수 있었다.

유저들이 웅성거렸다.

"무혁?"

"조폭 네크로맨서, 맞지?"

"저 사람이 총책임자라고?"

"같은 유저인데?"

"그럴 만하지."

"왜?"

"이번 에피소드 연 사람이 무혁이잖아."

"아, 진짜? 대박이네."

아이템만 보고도 알아본다는 게 신기했다.

그만큼 유명해진 건가.

생각해 보면 정말 평범한 유저들은 상상도 못 할 과정을 거쳐 왔다. 미리 정보를 알고 있기에 가능한 일이었지만 결국 무혁은 이 자리에 올라왔다.

많은 이의 선망과 질시를 동시에 받으리라.

그 사실을 알면서도 무혁은 신경 쓰지 않았다. 지금까지 앞만 보고 성장했던 것처럼 앞으로도 그러할 것이기 때문이었다.

"지시 사항이 있으면 여기 총책임자를 통해서 전달할 것입니다."

아뮤르 공작의 확언.

"사안이 사안이니만큼, 분위기를 해치는 행위에 대해선 결코 용서할 생각이 없습니다. 부디 지시를 잘 따라 흑마법사의 처단에 방해가 되지 않도록 해주십시오."

그 순간 모인 유저들의 눈앞으로 홀로그램이 떠올랐다.

[서브 퀘스트 '총책임자의 권위'가 발동됩니다.]

[총책임자의 권위]
[총책임자로서 유저들이 엇나가지 않도록 이끌어야 합니다. 흑마법사를 처리할 때까지 총책임자로서의 권위를 유지한다면 특별한 보상을 획득하게 됩니다.]

총책임자의 권위. 이것이 무혁이 받게 된 퀘스트였고.

[서브 퀘스트 '흑마법사 처단'이 발동됩니다.]

[흑마법사 처단]

[총책임자의 지시에 따라 행동하여 업적을 이룰 경우 특별한 보상을 획득하게 됩니다.]

흑마법사 처단. 이는 무혁을 제외한 나머지 유저들이 받게 된 퀘스트였다.

"자세한 사항은 다른 이들과 합류한 후에 정하도록 하겠습니다."

아뮤르 공작이 기사단을 바라봤다.

"출발하도록."

"충!"

기사단이 발을 굴렀다. 뒤이어 절도 있게 걸음을 내디뎠고, 그제야 정신을 차린 유저들은 함성을 지르며 뒤를 따라갔다. 특별한 보상과 기사단이 보여주는 강력한 기세에 마음을 빼앗긴 탓이리라.

현재 구독자 수 랭킹 3위의 무혁.

-ㅋㅋㅋㅋㅋㅋㅋ, 총책임자 클라스
-퀘스트 클라스ㅋㅋㅋㅋㅋ

무려 9만 8천 명의 방청자가 일루전TV에 접속하여 이제 막 시작된 에피소드 1, 그 여정을 함께 즐기고 있었다.

　-근데 여기 있는 사람들, 다 너무 좋음.

　-왜요?

　-나랑 비슷한 처지잖슴.

　-ㅅㅂ…… ㅋㅋㅋㅋ

　-다 회사임?

　-ㅇㅇ, 회사.

　-직딩들임.

　-전 학교ㅋㅋㅋㅋㅋㅋ

　-급식충이세요?

　-대학생임.

　-마찬가지죠, 뭐…….

　-ㅠㅠ…….

　-전 출장.ㅠㅠ

　-ㅋㅋㅋㅋㅋㅋ

　-지금 휴대폰으로 방청 중인데 볼수록 참가 못 해서 안타깝네요.ㅠ
ㅠ 그러니까 무혁 님, 이 안타까움도 떨쳐 버릴 수 있게 재밌는 방송 부
탁드립니다!

　-하필 평일 오전 9시라니.

　-저기 참가한 사람은 다 백수?

　-다이아수저, 금수저, 자영업자, 일루전 올인파, 백수

　-일루전 올인파는 뭐임?

-일루전으로 먹고사는 거임. 돈 벌어서.

-저도 이야기는 많이 들었음. 근데 일루전으로 먹고사는 게 가능해요? 아이템도 더럽게 안 나오는데⋯⋯.

-아이템이 더럽게 안 나오니까 더 돈이 되죠. 괜찮은 게 나오기만 하면 아주 그냥⋯⋯.

-ㅋㅋ 대장장이가 오히려 더 잘 벌지 않음?

-ㅇㅈ

-실력 있는 대장장이 돈 겁나게 범.

-상인도 엄청 잘 벌어요!

-맞음. 근데 대장장이, 상인뿐만이 아니라 사실 랭커만 되어도 어느 정도 노하우가 있어서 그 사람들은 상당한 수준으로 번다고 들었어요.ㅎㅎ 님이 보고 있는 무혁 님도 마찬가지죠. 일루전TV를 운영하는 곳이 일루전 기업이고, 거기서 상위 랭커들이랑 계약해서 방송하도록 만든 거니까요. 돈 꽤나 준 걸로 알아요.

-크, 부럽다.

-나도 일루전에 올인해 볼까?

-하, 다크게이머라니. 왜 부럽지? 왜! 도대체 왜!

그들이 채팅으로 시간을 보내는 사이. 헤밀 제국에서 출발한 이들은 현재 끝이 보이지 않는 드넓은 초원에 도착했다.

이 초원을 가로지르다 보면 목적지인 알포노 산맥에 도달하게 된다. 물론 몇 시간은 족히 걸릴 거리였지만 강한 적을 상대한다는 생각에 고양되어 지루할 틈이 없었다.

"크, 긴장된다."

"아직도?"

"어, 빨리 만나서 싸우고 싶다고!"

성민우의 말에 무혁이 고개를 저었다.

"아직 한참 멀었어."

"그래도……!"

성민우는 연신 주먹을 쥐었다가 폈다.

"그리고 네 말만 잘 들으면 특별 보상도 준다잖냐."

사실 그건 무혁도 맘에 들었다.

권위에 힘을 보태주는 것이었으니까.

"어, 오빠. 저기."

그때 예린이 손가락을 펼쳤다.

가리킨 곳을 바라보니 자리 잡고 있는 무리가 눈에 들어왔다. 각 왕국과 제국에서 모인 정예들이었다. 한곳에 도열한 그들의 모습은 바라보는 것만으로도 사람을 괜히 위축되게 만들었다. 거리가 좁혀질수록 그들에게서 느껴지는 강력한 시선, 거기서 비롯된 압박감이 어깨를 짓누른다.

"카리스마 장난 아니네."

"좀 무섭기도 하다."

"저 NPC들이랑 싸우면 완전 발릴 거 같은데?"

"크큭, 동감."

"근데 난 멋있는데?"

"인정. 기사단이라서 그런가. 아이템도 엄청난 거 같고."

"부럽다."

주변 유저들의 대화 소리였다.

카리스마? 압박감? 당연한 거지. 무려 에피소드 1이다.

흑마법사 지케라는 결코 만만치 않다. 지금 이렇게 모여서 가지만 과연 이길 수 있을지는 확신할 수 없는 상황이었다.

아뮤르 공작 역시 그 사실을 인지하고 있을 것이다.

그럼에도 불구하고 진격하는 이유는 하나.

아직 놈이 준비 과정에 있기 때문이다. 준비를 마치기 전에 놈을 공격해야 마을과 도시가 피해를 입지 않을 테니까.

"다들 대기한다!"

기사단에서 들려온 외침이었다.

기다리던 이들과의 거리가 충분히 좁혀진 까닭이었다.

아뮤르 공작이 나서서 그들의 대표와 대화를 나누는 것 같았는데 멀어서 들리지는 않았다. 주변에 있던 기사단이 시선을 막아서 보이지도 않았고.

대략 5분이 지난 후 돌아온 아뮤르 공작이 무혁을 불렀다.

"조금만 더 가면 목적지라네."

"네."

"이제 자네가 이방인들을 지휘하여 알포노 산맥을 크게 포위해 주게. 그 상태에서 진격하여 놈이 숨어 있는 곳으로 진격하도록 하지."

"알겠습니다."

"자네도 알겠지만 사실 주된 전력은 각 왕국과 제국에서 보내 준 자들이라네. 그러니 자네는 우리가 전투를 치를 때 앞으로 나서는 것이 아니라 후방에서 빠져나가는 놈들을 막아야하네."

"후방에서 말입니까?"

"후방이라고 방심해선 안 되네. 흑마법사, 놈은…… 정말로 강하니까."

말하지 않아도 알고 있었다. 목적지인 알포노 산맥의 상위 지역. 그곳에 위치한 몬스터의 대부분이 이미 지케라의 영향을 받은 상태일 것이다. 즉, 어둠의 힘을 받아들인 몬스터가 즐비하다는 소리였다. 무수한 몬스터에 키메라까지.

빠져나가려는 놈들을 막아서는 것만으로도 전력을 다해야만 할 것이다.

"방심하지 않습니다."

"좋아, 자네를 믿고 세세한 건 전부 일임할 테니 마음껏 실력을 발휘해 보게. 모르는 게 있으면 이 사람에게 물어보면 될 게야."

로브를 입고 있는 젊은 사내였다.

"알겠습니다."

"그럼 가보게."

"네."

돌아가는 길에 무혁이 물었다.

"혹시 마법사인가요?"

"맞아요."

"증폭 마법을 쓸 수 있으신가요?"

"써드릴까요?"

사내의 손에서 나온 빛이 무혁을 감쌌다.

[증폭 효과가 적용됩니다.]

이제 작은 목소리도 크게 울릴 것이다.

"다들 집중해 주십시오."

유저 전부가 무혁을 쳐다봤다.

"지금부터 조를 나누도록 하겠습니다. 10개의 조로 나눌 것이고 각 조는 조장을 제외하고 5천 명으로 구성됩니다."

말을 하면서 무혁은 손을 움직이고 있었다.

[총책임자 시스템]

휘하 유저의 수 : 50,455명

-100레벨 이하 : 4,117명

-100~110레벨 : 28,981명

-110~120레벨 : 12,654명

-120~130레벨 : 3,197명

-130~140레벨 : 1,277명

-140~150레벨 : 218명

-150~160레벨 : 11명

160 이상은 당연히 0명이었다. 무혁은 그중에서 150레벨 이상 11명의 상세 정보를 확인했다.

150레벨의 6명, 151레벨이 1명, 152레벨이 2명.

154레벨의 성민우와, 예린 두 사람. 총 11명.

이 중에 10명을 뽑으면 되리라.

"먼저 조장부터 선정하죠."

먼저 성민우를 쳐다봤다.

"1조 조장은 강철주먹."

"어어."

기대하고 있던 자리였는지 미소를 짓는 그였다. 옆에 있던 예린은 오히려 무혁의 곁에 붙으며 낮게 속삭였다.

"난 오빠 옆에 있을래."

"그래."

웃으며 2조 조장을 발표했다.

"카시움 님."

"아, 네!"

"2조 부탁드려요."

"알겠습니다!"

152레벨의 궁수 계열 유저였다.

"3조 조장은 벨로시아 님."

여성 마법사 유저였다.

"4조 조장은……."

그렇게 10조 조장까지 전부 정했다. 하나같이 150레벨 이상의 랭커들. 그들을 알아보는 사람들은 조금씩 있게 마련이었다.

"카시움 님 랭커 맞지?"

"어, 벨로시아 님도."

"저기 강철주먹 님이 더 랭킹 높을 걸."

"그러고 보면 각 조장이 다 랭커 같은데?"

"어떻게 알고 뽑았대?"

"뭐, 시스템이 있겠지."

"아, 그런가?"

그 위를 덮은 무혁의 목소리.

"각 조를 5천 명씩 나누면 445명이 남습니다. 일단 그들을 먼저 꾸려서 별동대로 임명하겠습니다. 별동대는 다른 이들이 휴식을 취할 때 주변을 수색하고 앞으로 나아가 위험을 미리 체크하는 팀입니다. 당연히 전투조보다 귀찮고 힘들 수밖에 없을 겁니다."

순간 미간이 찌푸리는 유저들.

"아, 저기만 걸리지 마라."

"진짜."

"난 걸리면 그냥 로그아웃 하련다."

"미친놈. 크크큭."

그 순간 무혁의 표정에 장난기가 서렸다.

"별동대 대장부터 뽑겠습니다. 하얀눈 유저님."

"……"

"하얀눈 유저님, 대답하세요."

여전히 대답이 없었다.

"뭐야, 누구야?"

"왜 대답이 없어?"

무혁이 다시 말했다.

"하얀눈 유저님, 대답하시죠."

"네……."

그제야 들려오는 힘없는 목소리.

캐릭터명 하얀눈. 무혁의 친누나 강지연이었다.

하얀눈, 그러니까 강지연은 총책임자로 무혁이 불려 나가는 순간부터 이미 유저들 틈에 몸을 숨겨 버린 상태였다.

아, 젠장……!

어제 무혁을 구박했던 일이 떠오른 탓이었다.

후회하지 말라고 했었지……?

설마 이런 일이 벌어질 줄이야 누가 알았겠는가.

들키는 순간 좋지 못한 일을 당할 것이라는 본능적인 감각을 믿으며 무혁의 눈에 띄지 않기 위해 애썼다.

처음에는 조금 걱정이 되었는데 시간이 지나면서 마음이 차분해졌다. 유저가 워낙 많아서 쉽게 발견되지 않을 것 같았기 때문이다.

음, 그래. 괜찮아. 내 아이디 모르잖아?

어쩌면 알지도 모른다. 아니, 모를 거야.

그렇게 단정을 지어버리곤 안도하는 강지연이었다.

길을 나서고 초원에 들러 NPC와 합류했다.

무혁은 조를 나눴다.

음, 내 동생이지만 뭐 나쁘지 않네.

지휘하는 게 꽤 어울렸다.

10개의 조가 나뉘고 이제 조원으로 들어가는 건가 싶었는데 갑자기 별동대를 꾸리겠단다.

강지연은 괜히 미간이 찌푸려졌다.

별동대? 저게 뭐야. 진짜 싫어.

그런데 하필이면 그 순간.

"별동대 대장부터 뽑겠습니다. 하얀눈 유저님."

본인이 이름이 불렸다.

"하얀눈 유저님, 대답하세요."

설마 자신을 찾을 거라곤 생각지도 못했기에 일순 머리가 멍해졌다.

이, 이게 뭐야! 내 아이디를 안다고?

그런데 왜 지금? 설마 별동대장으로 뽑기 위해서?

아, 안 돼!

대답할 수 없었다. 절대로!

하지만 모두가 무혁의 편이었다.

"뭐야, 누구야?"

"왜 대답이 없어?"

사람들의 수군거림에 고막에 꽂혔다.

무혁이 다시 말했다.

"하얀눈 유저님, 대답하시죠."

그는 끝까지 대답을 강요했다.

이대론 끝이 나지 않을 상황.

다른 이들에게 피해를 준다는 압박감에 못 이겨 결국 입을 열고야 말았다.

"네……."

"앞으로 오세요."

무거운 발걸음을 옮겨 무혁에게 다가갔다. 가까워지니 투구 사이로 드러난 무혁의 눈을 확인할 수 있었다. 장난기로 가득한 반월형의 눈을 말이다.

으, 으으……!

열이 났지만 지금은 화를 낼 수조차 없었다.

지켜보는 사람이 몇 명인가. 쪽팔려서라도 절대 그럴 수 없었다.

거리가 지척이 되었을 때. 무혁은 마법사에게 증폭 마법을 해제시켜 달라고 부탁했다.

"알겠습니다."

증폭 마법이 해제되자마자 그녀를 불렀다.

"누나."

"어? 무, 무혁아. 누나 알지? 나 이런 거 진짜 못……."

"별동대 대장! 축하해."

동시에 메시지가 떠올랐다.

[퀘스트 '별동대의 대장'이 부여됩니다.]

[별동대의 대장]

[불길한 숫자, 444명을 이끌게 된 별동대의 대장이여. 총책임
자의 지시에 따라 해야 할 일을 해내어라. 실행도가 높을 경우 특
별 보상을 받을 수 있으리라.]

강지연의 미간이 찌푸려졌다.

"너, 너…… 로그아웃해서 보자!"

"어, 지금 나한테 그러면 안 될 텐데?"

"안 되긴 뭐가 안 되는데……!"

화는 내지만 소리는 지를 수 없는 상황.

강지연의 얼굴이 기이하게 변했다.

"별동대 활동이 힘들어질지도 모른다고?"

"으, 씨. 진짜……!"

그때 옆에 있던 성민우가 다가왔다.

"어, 저기. 누나, 오랜만이에요?"

"아. 민우구나."

"네, 누나도 참가하셨구나."

"어, 어쩌다 보니……."

"근데 왜 별동대를……."

"……."

강지연은 붉어진 얼굴을 숨기기 위해 고개를 숙였다. 하지만 지켜보던 사람은 성민우뿐만이 아니었다.

"저기, 오빠. 누나셔?"

"응, 친누나야. 누나, 인사해."

"어? 누구랑……."

강지연와 예린이 서로를 쳐다봤다.

"안녕하세요! 저는 그러니까……."

"내 여자 친구."

"에엑! 진짜?!"

"어."

"어, 반가워요, 그러니까 무혁이 누나예요. 강지연이라고 해요."

"저는 예린이라고 합니다!"

"엄청 예쁘게 생기셨네."

"헤헤, 언니두 엄청 아름다워요!"

"어머, 고마워요."

"언니, 말 편하게 하셔도 돼요."

"어, 음. 그럴까?"

두 사람의 모습에 무혁이 피식하고 웃었다.

"자, 인사는 천천히 하고. 누나."

"어, 어……?"

"일단 별동대 대장이니까 잘 부탁할게."

"너, 진짜……."

"이미 임명을 해버려서 돌릴 수도 없어."

"하아."

한숨밖에 나오지 않았다.

무혁은 옆에 있는 마법사에게 다시 부탁했다.

[증폭 마법이 적용됩니다.]

"사실 100레벨 이하의 분들은 성과를 달성하기가 매우 어렵습니다. 그래서 레벨이 낮은 순서로 444분을 별동대원으로 임명하겠습니다. 별동대는 제가 말했던 대로 수색과 탐색에 집중할 겁니다. 대신 동레벨의 유저보다 더 큰 성과를 달성하기가 쉬우니 열심히 해주시길 바랍니다."

[별동대원을 임명하셨습니다.(444명)]

그에 따라 메시지를 받은 유저가 나타났다.

"메시지를 받은 분은 옆으로 나와 주세요."

별동대가 따로 꾸려진 후 현재 도열한 상태 그대로 선을 나눠 5천 명씩 조를 편성했다. 마침 아뮤르 공작이 보낸 기사가 출발한다는 말을 전달해 왔다.

무혁은 마무리를 지었다.

"조금만 더 가면 거대한 산이 하나 나타납니다. 우리는 그곳을 크게 둘러서 중턱까지 진입할 예정입니다. 상당히 강한 몬스터들이 사방으로 퍼져 공격해 올 가능성이 높으니 절대로 방심하지 마시고 나타나는 몬스터를 함께 처리해 주길 바랍니다."

말을 마친 무혁이 고개를 돌렸다.

기사단이 출발하고 있었다.

"그럼, 저희도 출발하죠."

그들의 뒤를 따라 발걸음을 옮겼다.

제4장
본격적으로

강지연은 연신 무혁의 옆에서 투덜거렸다. 어느새 친해진 예린도 수긍하며 무혁의 옆구리를 쿡쿡 찔러왔다.

"오빠, 너무했어."

"흠, 그런가."

"응, 언니 엄청 싫은가 봐."

무혁이 웃었다.

상관없지. 말이 별동대지, 사실 딱히 할 일도 없었다.

수색과 탐색? 그런 건 앞서가는 NPC들이 알아서 다 할 것이다. 그냥 강지연을 골려주기 위해서 장난쳤을 뿐이었다.

물론 성과를 얻기는 해야 하니, 지시를 내리긴 할 테지만 결코 위험하지도, 또 어렵지도 않은 일들을 시킬 생각이었다.

레벨이 낮은 유저를, 게다가 친누나가 포함되어 있는 그들을 가혹하게 부릴 생각은 애초부터 없었던 것이다.

"오빠아, 부탁할게. 응? 나 언니랑 더 친해져야 한단 말이야."

"알았어."

"헤헤, 고마워!"

예린이 곧바로 강지연에게 다가갔다.

"언니, 언니!"

"응?"

"오빠가 힘든 거 안 시킨대요!"

"정말……?"

"네!"

강지연이 수상한 눈빛으로 무혁을 쳐다봤다.

"그렇게 쉬울 리가 없는데."

"처음부터 힘든 거 시킬 생각이 없었대요."

그 말에 강지연이 웃었다.

"성격도 착하네. 예린이 네가 부탁한 거 다 알고 있어."

"아, 아니에요."

"다음에 내가 맛있는 거 사 줄게."

"진짜죠?"

"그래, 진짜. 약속."

"네, 약속!"

성민우가 무혁의 옆에서 중얼거렸다.

"부럽다, 부러워."

"그럼 너도 여친 만들어."

"으으, 재수 없는 자식!"

"어? 너 조원으로 강등."

"형님, 잘 모시겠습니다."

"그래, 잘 모셔라."

"예."

장난을 치는 사이, 어느새 목적지가 보였다.

"와, 저거냐?"

"어."

어마어마한 크기의 알포노 산맥이 보였다. 1시간 정도를 더 나아간 끝에 드디어 산맥의 초입에 들어설 수 있었다.

"잠시 멈춰주십시오."

무혁의 말에 다들 자리에 섰다.

"지금부터 크게 원을 그려 산맥의 초입을 둘러싸도록 하겠습니다. 포위의 형식이니 아무래도 2, 3명이 작은 조가 되어 일렬로 나열하면 될 것 같군요."

누군가가 손을 들었다.

"네, 말씀하세요."

"지시는 어떻게 내리죠?"

"원을 그리면 1조는 저의 오른쪽에, 10조는 저의 왼쪽에 위치하게 될 겁니다. 저는 1조와 10조 두 사람에게 지시 사항을 알려줄 것이고 그 두 사람은 옆으로, 옆으로 그 말을 전달하셔야 합니다. 그럼 5조는 두 곳에서 지시를 듣게 될 거고요. 5조장, 멘탈 님?"

"네!"

"멘탈 님은 두 곳에서의 내용이 동일할 경우 그대로 따르면 되고, 아니라면 정확한 지시가 떨어질 때까지 기다려야 합니다. 이해하셨죠?"

멘탈이 고개를 끄덕였다.

다시 다른 유저들에게 말했다.

"그러니 5조가 움직인 후에 다른 조가 움직일 수 있도록 하세요. 5조가 움직이지 않으면 다른 조도 움직여선 안 됩니다. 지시를 정확하게 따라야 성과를 달성할 수 있으니 부디 잘 해 주시리라 믿습니다. 단, 상식을 뛰어넘는 강력한 몬스터가 나타났다거나 혹은 갑작스러운 상황에 직면할 경우에는 각 조장의 판단에 맡기겠습니다."

다들 수긍한 듯 고개를 끄덕였다.

원시적이지만 나쁘진 않았다. 사실 산맥이 너무 넓어 다른 방법도 없었고.

"아, 그리고."

한 가지가 더 남았다.

"정말 상황이 좋지 않으면 제가 먼저 움직입니다. 그때는 각자의 판단대로 행동하세요. 자, 그러면 1조부터 5조까지는 오른쪽으로. 6조부터 10조까지는 왼쪽으로 이동하세요. 5조와 6조가 마주치게 되면 곧바로 중턱으로 오르면 됩니다. 그럼 움직여 주십시오."

5만의 유저가 걸음을 내디뎠다.

"나, 간다!"

"그래, 고생해라."

1조의 조장, 성민우가 팔을 흔들며 멀어져갔다.

"별동대는 저랑 같이 움직입니다."

"알겠습니다!"

별동대원들이 대답했다.

레벨이 낮아서 그런지 최상위 랭커인 무혁을 꽤 어려워하고 있었다.

뭐, 나쁘지 않지.

산맥을 포위할 때까지는 시간이 걸릴 것이다.

"편하게 기다리도록 하죠."

그 말과 함께 무혁은 평평한 돌멩이 위에 엉덩이를 깔고 앉았다. 다른 사람들도 하나둘씩 자리를 잡았다.

"오빠, 또 제작이야?"

"응."

"지겹지도 않아?"

제작의 레벨이 조금만 더 높아지면 바로 그 '기술'을 배우게 될 텐데 지겨울 리가.

"괜찮아."

"진짜 오빠도 대단하다."

강지연이 끼어들었다.

"예린아, 몰랐어?"

"네? 뭐를요?"

"이 녀석 성격 순해 보이지? 근데 독종이야."

"오빠가 독종이라구여?"

"그렇다니까."

"음. 상상이 안 되는데요."

"내가 옛날 일 얘기해 줄까?"

"네!"

"흐음. 그때가 어디 보자, 그러니까 초등학생 2학년이었나. 어느 날 애들한테 엄청나게 맞고 온 날이 있었거든. 상처가 정말로 심했어. 얼굴은 피딱지에 전신이 멍이더라고. 한 달 넘게 고생했었지 아마."

"그런 일이 있었어요?"

"그래, 너무 화가 나서 그 애들 만나서 갔어. 그 녀석들도 무혁이 상태 보더니 미안한지 얼굴을 못 들더라고. 그래서 내가 물어봤거든. 왜 이렇게까지 심하게 때렸냐고. 뭐라고 대답했는지 알아?"

"아뇨."

"무혁이 이 녀석이, 신음 한 번을 안 냈다는 거야. 그래서 홧김에 더 세게 오랫동안 때렸다는 거지."

"아……"

"그땐 열 받았지만…… 뭐, 아무튼, 그랬었지."

"와, 오빠. 그런 면도 있었구나."

무혁이 어색한 듯 웃었다.

"내가 그랬었나?"

"그럼."

"뭐, 사람이 너무 착해도 재미없잖아."

대수롭지 않게 웃으며 망치를 들었다.

카앙!

제작에 돌입한 것이다.

정말 조금 남았어.

제작 마스터 레벨까지 겨우 2를 남겨둔 상황이었다.

그러는 동안에도 채팅방은 활발했다.

-참, 예전부터 말하고 싶었는데요.

-뭐요?

-저기 저 여자분, 너무 예쁘네요.

-ㅇㅈ

-완전 첫눈에 반했음.

예린의 외모 덕분이었다.

-근데 저 천사 같은 분은 누구임?

-ㅋㅋㅋㅋㅋ, 최상위 랭커 예린 님이잖아요

-헐, 대박이네. 최상위 랭커였음?

-그, 전에 있던 강철주먹 님도 최상위 랭커임.

-허어…….

-본인도 최상위 랭커고 동료도 최상위 랭커네.

-다 가진 거지, 뭐.

-그보다 여자 친구 맞죠?

-그런 듯…….

-하, 진심 부럽다.ㅠㅠ

-질투심 폭발……!

-전 무혁 님 친누나도 예쁜 것 같은데요.

-취향존중.

-ㅋㅋㅋㅋㅋㅋㅋㅋ

-아무튼, 이제 본격적으로 오르겠네요. 전에 그 마지막으로 봤던 로브 쓴 노인인가? 아마도 그 사람이 흑마법사겠죠?

-아마도 그럴 듯.

-진짜 존재감 작렬이던데…….

-전 사실 방송 끝나고 무혁 님이 갔던 산맥 찾아보려고 했는데 아무리 찾아도 안 나옴.

-당연하죠. 밝혀진 정보가 없는데.

-몬스터 보고 유추 불가능?

-몬스터도 처음 보는 녀석들이었고…….

-ㅇㅇ, 하긴.

-근데 돌아갈 때 보니까 방향 유추는 가능하겠던데요.

-저도 그 방향 유추해서 갔는데 가는 길에 죽음.

-왜요?

-나오는 몬스터 수준이 너무 높음ㅋㅋㅋㅋㅋ

-님 수준 보임.

-저 레벨 130 후반입니다. 저보다 낮으면 다무세요.

-ㅈㅅ

-워, 130이 넘는데도 힘들었나 보네요.

-네, 포기했어요, 그래서. ㅋㅋ

-역시, 시야 모드 하는 이유가 다 있네요. 그만큼 자신이 있다는 거죠.

-자신요?

-난 가능하지만, 다른 이들은 불가능하다는. 그런 자신감이요.

-그럴지도 모르겠네요.

-그런 의미로 쿠폰 발사!

-오, 100장 클라스!

그런 채팅이 오갈 때. 무혁은 두 자루의 검과 하나의 방패를 완성했다.

아직 유저들이 움직이지 않기에 포만감을 채우기 위해 간단한 요리를 했다.

예린과 강지연, 두 사람과 함께 음식을 먹으며 수다를 떨었다.

"으음, 맛이 괜찮네?"

강지연이 의외라는 표정을 지었다.

"요리 스킬 레벨이 높거든."

"제작에 요리까지?"

"기본이지."

"역시 독종기가 있어."

"독종은 무슨."

음식을 모두 먹어갈 즈음에야 유저들이 움직이기 시작했다.

반대편에 도착한 5조가 산을 오르기 시작한 모양이었다.

"다 먹었지?"

"어, 잘 먹었어."

"나두!"

정리한 후 몸을 일으켰다.

"우리도 출발하죠."

"알겠습니다!"

예린과 별동대를 대동한 채로 알포노 산맥의 중턱으로 향했다. 올라가는 길에 보이는 랩터는 무혁이 나서지 않아도 쉽게 처리가 가능했다.

모인 유저가 5만 명이니 문제가 될 게 조금도 없었다. 덕분에 중턱까지 무난하게 오를 수 있었다.

"대기하고 계세요."

"네."

5만의 유저를 대기시켜 놓은 무혁은 별동대와 함께 흑마법사의 마지막 연구실로 향했다.

그곳에 도착하니 주위를 포위하고 있는 NPC들이 보였다. 기사와 마법사, 궁수와 사제들이 적절하게 뒤섞여 자리를 잡고 있었다. 그러다 연구실 정문 바로 앞에 위치한 아뮤르 공작을 발견했다.

"오, 자네 왔군."

"네, 그런데……."

"왜 여기서 이러고 있느냐고?"

"네."

"길이 좁아 전부 들어갈 순 없더군. 그래서 50명의 기사와 열 명의 사제를 보내고 기다리는 중이네."

너무 조금 보낸 느낌이었다.

어려울 텐데. 아니, 어려운 정도가 아니라 불가능한 수준이었다.

정식 기사의 레벨은 100이상. 이건 최소로 잡은 경우다. 왕국이나 제국의 기사단에 들어가기 위해서라면 적어도 140은 되어야 할 것이다.

기사단에 속해 경험을 제법 쌓게 되면 보통 170레벨까지는 쉽게 오른다. 게다가 그런 기사단의 단장이 되기 위해서는 최소한 레벨이 200은 넘어야 했다. 참고로 무혁이 기억하기로 가장 뛰어났던 기사는 레벨이 무려 300이 넘었었다.

병사도 다 다르다.

하급의 병사는 80레벨 정도고 중급의 병사가 대략 110레벨이다. 제국을 지키는 병사라면 고급 병사로 130레벨 수준이다.

이곳에 온 궁수들 역시 고급 병사에 속했다. 예전에야 올려다보기도 힘든 수준이었지만 지금의 그들은 그리 강한 편이 아니었다.

무혁의 레벨이 현재 154. 능력만으로 따진다면 170레벨의 뛰어난 기사 몇 명을 동시에 상대할 자신이 있었다. 리바이브를 잘 사용할 수 있는 환경이 주어진다면 그들 수십도 이길 수 있을 것이고.

하지만 그런 무혁도 중간 보스 한 마리를 겨우 잡았을 뿐이다.

그 내부. 깊숙한 곳에는 녀석보다 더 강한 키메라가 수십은 족히 넘을 터.

그 마음이 표정으로 드러났음인가.

"나도 알고 있네."

"네?"

"그들만으로 통과를 하는 건 불가능하지."

"아, 죄송합니다."

"아닐세. 여길 직접 경험했으니 당연한 생각이지. 나 역시 들여보낸 기사들이 무언가 성과를 보여줄 거라고는 생각하지 않아. 다만, 흑마법사를 자극하여 그자의 수법을 드러내게 만들수 있다면, 그걸로 충분하지. 또 위험할 경우 고민하지 말고 돌아오라고 했으니 생명에도 지장이 없을 것이네."

"그렇군요."

수긍한 무혁이 고개를 끄덕였다.

"자네는 흑마법사가 힘을 드러낼 경우를 대비해서 이방인들을 잘 지휘해 주게나."

"알겠습니다."

여기에 있어봐야 딱히 할 게 없어 보였기에 몸을 돌려 다시 중턱으로 내려갔다.

"근데, 동생아."

"어?"

"우리는 뭐 할 거 없어?"

"지금은 딱히."

"그래?"

"어, 조금 있다가 전투가 벌어지면 그때 나서면 돼."

"본격적으로?"

"응."

"흐음, 싸움이 그렇게 크게 난다 이거지?"

"아마도."

사실은 100퍼센트지만.

이곳에 있는 유저 상당수가 죽을 것이다.

왕국과 제국에서 모인 NPC들 역시 마찬가지.

하지만 이런 희생을 해서라도 막아낼 수 있다면 좋은 일이었다. 힘없는 자들이 죽어 나가지 않을 테니까.

단순히 NPC이지 않느냐고?

글쎄. 그냥 NPC라고 보기엔 너무 사람 같으니 문제랄까.

기왕이면 안 죽는 게 좋잖아?

그럼 각 제국의 정예병들은? 그들은 이미 충분히 각오를 한 상태일 것이다. 데리고 온 이들이 정예라고 했으니 아마 평균적으로 레벨도 높을 것이고. 괜히 구해주겠다고 나설 깜냥도 되지 않았기에 맡은 일이나 잘해낼 생각이었다.

어느새 중턱에 도착한 무혁이었다.

"자, 그럼 여기서 대기하자고."

"그래."

"알겠습니다!"

"참, 오빠."

"응?"

예린이 가까이 다가왔다.

"갑자기 생각났는데, 오빠 일루전TV 하잖아."

"응, 하고 있지."

"거기 시야 모드는 왜 안 끄는 거야?"

"시야 모드?"

"응, 그거 켜두면 오빠가 보는 퀘스트라든가 뜨는 보상이라든가, 그런 게 다 보이잖아."

무혁이 부드럽게 웃었다.

"걱정돼?"

"조금."

"크게 신경 안 써도 될 것 같아서."

"으응?"

업적 포인트나 보상? 보면 어떤가.

이미 업적에 대한 정보는 퍼진 상태였다.

단순히 메시지를 본다고 해서 따라할 수 있는 부분이 아니기에 조금도 걱정이 되지 않았다. 업적을 얻을 정도라면 정말 그만한 가치가 있어야 하니까.

무혁 역시 최초였기에 얻은 업적이 대부분이다. 즉, 다른 유저들은 뒤늦게 덤벼도 절대 업적 포인트를 얻을 수 없다는 소리였다.

"어, 음. 그래도 전투 방식이라든가……."

"이미 최강자전 토너먼트에서 다 보여줬는데?"

"아, 그렇구나."

물론 리바이브나 버프, 저주는 아니지만. 결국 다른 조폭 네크로맨서 유저가 150레벨이 되면 밝혀질 것이었기에 크게 신경 쓰지 않았다.

"그, 그럼 아이템은?"

"상태창이나 아이템은 안 보여주고 있어."

상상을 초월하는 아이템의 옵션. 말도 안 되는 스탯.

그건 분명 논란이 될 소지가 있었으니까.

"걱정해 줘서 고마워."

무혁은 웃으며 예린의 머리를 쓰다듬었다. 기분이 좋은 듯, 헤헤거리며 웃고 있는 예린을 가만히 바라보고 있는데.

쿠우웅!

거대한 진동이 울렸다. 몸이 크게 흔들릴 정도였다.

스스슥.

직후 아주 먼 곳에서부터 무언가가 다가오고 있음을 알려주는 강력한 기척이 느껴졌다. 나무에 가려 보이지 않음에도 불구하고 확신할 수 있었다.

"몬스터다."

"온다……!"

"다들 준비해!"

무혁도 외쳤다.

"전투준비!"

하나같이 각자의 무기를 빼어 들었다.

뒤이어 무혁의 지시를 전달하기 위한 유저들의 목소리가 들려왔다. 순식간에 돌고 돌아, 5조까지 전해졌으리라.

"나오렴!"

"으으, 무서운데."

강지연은 스태프를, 별동대원들을 각자 무기를 꺼냈다.

예린은 다람쥐를 소환했고 무혁 역시 스켈레톤을 불러낸 후 전방에 배치시켰다.

스슥, 스스슥.

다가오는 소리가 진해졌다.

뒤이어 들려오는 고함.

크워어어어억!

고막은 물론이고 머리까지 흔들어댈 정도의 소리와 함께 앞에 있던 나무들이 종이처럼 우겨졌다.

동시에 드러난 검은 몬스터들.

콰지직.

랩터에게 부딪힌 탱커 계열 유저가 뒤로 날아갔다.

"미친!"

"힐부터 줘!"

날아간 유저가 벌떡 일어섰다.

"와, HP가 반이 날아갔네?"

통증은 없지만 충격은 있는 모양이었다.

고개를 저으며 다시 달려들었다.

"힐 집중 좀 해주세요!"

"네!"

그 순간 또 다른 유저가 뒤로 날아갔다.

콰직.

딜러 계열의 유저였는데 그 한 번의 공격으로 즉사했다. 허무하게 로그아웃을 당해버린 것이다.

어둠의 힘을 받아들인 놈들은 올라오면서 상대했던 랩터와 흑룡의 파괴력, 그리고 움직임을 한 단계 이상 뛰어넘은 상태였다. 차원이 달랐다.

"HP 낮은 유저는 최대한 사려!"

"대미지가 왜 이래!"

"탱커가 최대한 버티고, 힐 집중하라고!"

그 모습을 바라보던 무혁이 고개를 정면으로 한 후 달려드는 흑룡에게 화살을 날렸다. 예상대로 대미지가 잘 박히지 않았다.

방어력도 높아졌고…….

다른 유저의 전투로 파괴력 역시 상당히 높아졌을 거란 걸 추측할 수 있었다.

방법은?

스켈레톤을 허무하게 잃기는 싫었다. 전력을 유지하기 위해서는 결국 무혁이 직접 나설 수밖에 없었다.

부르탄, 기파 준비.

스켈레톤을 지휘하며 바닥을 찼다.

윈드 스텝, 변형.

활이 순식간에 검으로 바뀌었다.

흑룡과의 거리가 좁혀졌을 즈음.

기파 발사.

명령과 함께 몸을 옆으로 날렸다.

기파가 흑룡을 덮치고.

흐읍!

무혁은 몸을 벌떡 일으킨 후 뛰어올라 놈의 몸통 위에 올라탔다.

균형을 잃은 녀석의 피부에 검을 박아 넣었다.

아직 정신을 차리지 못한 지금 HP를 줄일 필요가 있었기에 스켈레톤에게도 공격을 명령했다.

무혁은 흑룡의 뒤에 숨어 놈을 방패로 삼은 후 쏟아지는 뼈 화살 세례를 처다봤다.

푹, 푸부부북.

놈의 피부에 뼈 화살이 박히는 걸 바라보며 다시 흑룡 위에 올라탔다.

공격에 박차를 가해 흑룡을 마무리할 생각이었는데 갑자기 랩터 세 마리가 나타났다.

놈의 공격에 당한 무혁이 뒤로 날아갔다.

HP가 상당히 깎여 나갔다.

"후우."

방어력이 높아 피해가 크진 않았다. 일어선 무혁이 다시 윈드 스텝을 사용했다.

속도를 높이며 세 마리 랩터의 위치를 파악했다.

왼쪽과 중앙의 랩터가 거의 동시에 접근하는 중이었기에 오른쪽을 돌파하기로 마음을 먹었다.

몸을 살짝 틀어 중앙에서 오는 랩터를 스치고 지나갔다.

그냥 지나치는 건 아까웠기에 가볍게 검을 그어줬다.

키에에엑!

손맛을 느낄 겨를도 없이 바닥을 구르자 머리 위로 랩터의 어금니 부딪히는 소리가 들렸다.

몸을 일으킨 후 다급히 점프했다.

흑룡의 꼬리가 발끝을 지나치는 순간, 굽혔던 무릎을 펼치면서 놈의 꼬리를 밟았다.

자연스러운 이중 도약. 여유롭게 흑룡의 몸통에 안착했고.

보랏빛으로 휘감긴 검을 아래로 내리꽂았다.

무혁을 향해 달려들던 랩터 3마리는 쏟아지는 뼈화살 세례에 정신을 차리지 못했다. 다급히 방향을 바꿔 아머아처에게 달려들었지만 이미 아머나이트가 길을 막아선 상태였다.

랩터 세 마리와 아머나이트가 부딪히는 사이. 무혁은 홀로 어둠에 물든 흑룡을 마무리 지었다.

[흑룡의 두개골을 획득합니다.]

그리고 얻은 두개골 하나.

운이 좋았어.

본래 흑룡의 레벨은 137. 어둠에 물든 흑룡은 대충 150레벨 초반의 느낌이었다. 상당히 강해졌지만 싸우지 못할 수준까지는 아니었다. 유저들이 힘을 합친다면 충분히 대응이 가능하다는 판단이 섰다.

주변을 둘러봤다.

예상대로 유저들이 힘을 합쳐 몬스터를 막아내고 있었다. 죽은 유저가 꽤 있었지만 이 정도 피해는 어쩔 수 없었다.

그렇다고 내 사람까지 그냥 둘 순 없었기에 스켈레톤으로 예린과 강지연을 보호했다. 물론 두 사람은 보호를 받으면서 충분히 제 몫을 하고 있었다.

정령 강화사인 예린은 다람쥐로 몬스터를 혼란스럽게 만들고 또 대미지를 야금야금 입히면서 결정적인 순간에 마법을 사용했다.

강지연은 캐스팅이 짧은 마법으로 적들을 교란시켰고 동료가 위험하면 실드를 펼쳐줬다. 여유가 생기면 그녀 역시 강력한 마법으로 몬스터에게 타격을 입혔다.

다른 유저도 마찬가지로 모두 최선을 다하고 있었다.

나도 움직여 볼까.

먼저 환각의 독을 검날에 바르고 지면을 강하게 찼다.

윈드 스텝.

유저들이 상대 중인 몬스터는 무시한 채 앞으로 나아갔다. 전방에서 꾸역꾸역 밀려드는 랩터와 흑룡이 있는 곳으로 몸을 던진 것이다.

키아아아악!

랩터 네 마리가 사방에서 덮쳐 왔다.

흐읍……!

무혁은 작은 틈으로 몸을 비집어 넣으며 놈들을 지나쳤다.

그사이 빠르게 휘둘러진 검이 랩터 네 마리의 몸에 작은 상처를 만들었다. 검날에 발린 환각의 독의 영향으로 놈들의 움직임이 멎었다.

['환각의 독'이 적용됩니다.]
['환각의 독'이…….]

또 다른 랩터들이 덮쳐 왔다. 흑룡도 마찬가지.

하지만 무혁은 이리저리 피하면서 한 마리씩 상처를 입혀 나갔다. 그럴 때마다 메시지가 떠올랐다.

[환각의 독…….]

우측에 있는 랩터의 가슴을 그었다.

서걱.

그런데 이번에는 메시지가 없었다. 검날에 발린 독이 모두 소진된 탓이었다.

뒤로 빠르게 물러난 후 인벤토리에서 환각의 독을 꺼내어 검날에 전체적으로 발랐다. 다시 몬스터 무리로 뛰어들었다. 무혁이 지나간 곳의 몬스터는 모조리 환각에 빠져들며 움직임을 멈춰 버렸다.

덕분에 여유가 생긴 1조와 10조의 유저들이었다.

"할 수 있어!"

"빨리 처리하자고!"

힘을 내 달려든 몬스터를 처리했다.

그리고 아직도 환각에 빠져 움직이지 못하는 몬스터를 한 마리씩, 차분하게 공략하기 시작했다.

그 모습을 본 멀리 떨어져 있던 유저들 역시 환각의 독을 사용해 달려드는 몬스터를 일단 멈춰 세웠다.

"차분하게 한 마리씩!"

2조와 8조 역시 그들의 모습을 발견했다.

"환각의 독부터 써!"

"진작 이럴걸."

"후우, 이제 처리하자고."

퍼지기 시작한 노하우는 머지않아 5조까지 전달되었고 전 유저가 환각의 독을 사용해 놈들을 공략하기 시작했다.

-진짜 대단하네요

-근데 저기 나오는 몬스터 렙이 얼마예요?

-130대로 알고 있어요

-130대······. 생각보다 고전하네요

-아마도 흑마법사가 뭔가 한 거 같네요. 랩터가 원래 초록색인데 저기 나오는 놈들은 검은색이잖아요. 무슨 짓을 해서 강화시킨 듯. 그게 아니면 저렇게까지 힘들게 사냥하진 않을 듯.

-동감.

-크, 근데 이게 이제 시작이라는 거 아님?

-그렇죠. 몬스터야 뭐, 아무것도 아니겠죠? 흑마법사나 키메라 나오면······.

-생각만 해도 소름.

-근데 그거 다 감안해서 각 왕국, 제국에서 정예 보냈잖아요. 어쩌면 생각보다 쉽게 에피소드가 클리어될지도······.

-흐음, 어떻게 되려나.

-좀 더 커지면 좋긴 할 텐데 말이죠.ㅋㅋㅋ

-더 커져요?

-네, 흑마법사 잡는 거 실패해서 대규모 퀘스트를 발동시킨다던가ㅋㅋ

-뭐, 유저 입장에선 나쁠 거 없죠

-근데 진짜 그렇게 될 듯

-ㅇㅇ, 못 막을 거 같은데······.

많은 시청자가 그 가능성에 동의했다.

어쩌면 당연했다. 여전히 많은 이가 부지런하게 움직였고 무혁을 포함한 소수의 유저가 뛰어난 활약을 보여주고 있지만 그럼에도 불구하고 몬스터는 끝이 보이지 않았으니까.

당연히 반대 의견도 있었다.

-흠, 저 전력으로 못 막는다고요? 그럼 도대체 누가 막음?

-에피소드니까 큰 스토리긴 하겠죠. 근데 그렇다고 막 왕국이랑 제국이 무너져야 할 정도로 클 수는 없잖아요? 이제 겨우 시작인데.

-맞음. 에피소드 1이라 그냥 느낌만 주겠죠.

-ㅇㅇ, 왕국, 제국 정예인데 못 막으면 문제가 있음.

-유저만 5만임ㅋㅋ

-그것도 최소 90레벨 이상.

-NPC도 엄청나게 많음.

-왕국, 제국 정예 기사도 많고 병사에 궁병에 마법사, 사제까지ㅋㅋ

중립을 유지하는 시청자도 있었다.

-아직 모르죠, 뭐.

-ㅇㅇ. 걍 보는 재미로 충분함.

-ㅋㅋㅋㅋ. 어차피 출장 와서 뭔 일이 벌어지든 상관없어요!

-출장, 축하해요ㅎㅎㅎ

-허허, ㄲㅈ

그런 이들이 뒤엉켜 의견을 내뱉는다.

-이거 망할 각이라니까요.

-쉽게 넘길 듯.

-걍 조용히 봅시다, 좀.

덕분에 평소보다 채팅이 더욱 활발했다.

틈틈이 나오는 예린 찬양과 BJ 랭킹에 관한 이야기까지 얽히니 더욱 그러했다.

-몇 번을 봐도 예린 님, 예쁘시다.

-갖고 싶다…….

-ㅁㅊ, 뜬금없이 나타나서는 갑자기 갖고 싶대ㅋㅋㅋㅋㅋㅋ

-그냥 희망 사항임.

-ㅋㅋㅋㅋㅋ, 노답ㅋㅋㅋ

-와, 근데 벌써 17만 명?ㅋㅋㅋ

-여기도 뜬금포 등장.

-시청자 말하는 거임?

-ㅇㅇ, 오늘 20만 찍을 듯.

-지금 신인이랑 기존 랭킹 둘 다 1위?

-맞음ㅋㅋㅋ

-진짜 대박이네요.

-유명 유저가 아직 많이 없어서 그럼. 무혁 님 덕분에 유명 유저들 계속 늘어나는 중이라 나중에 되면 순위 경쟁 치열해질 듯.

-많아지면 더 재밌겠네요.

-일루전 못하는 시간에 즐기기엔 좋죠.

-랭커들 노하우도 좀 보고ㅋㅋ

"헉, 허억……!"

던전에 들어갔던 기사단장이 남은 이들을 끌고 허겁지겁 밖으로 뛰쳐나왔다.

입구에서 대기하고 있던 아뮤르 공작이 미간을 찌푸리며 다가갔다. 생각했던 것보다 너무 빨리 나오기도 했고 또 단장의 표정이 좋지 않았기 때문이었다.

"상황은?"

단장이 아뮤르 공작의 앞에서 한쪽 무릎을 꿇은 채 보고를 올렸다.

"중간 정도 갔을 때 키메라가 너무 많아 약간의 피해를 입었습니다."

"많았다?"

"예."

"수가 얼마나 되었지?"

"눈에 보이는 녀석만 해도 최소 수십이었습니다."

"최소 수십이라……."

아뮤르 공작이 고개를 갸웃거렸다.

"놈들에게 당했다는 건가?"

"피해는 있었지만 괜찮았습니다. 후퇴할 수밖에 없었던 이유는 갑자기 나타난 한 마리의 키메라 때문이었습니다."

"한 마리?"

"예, 놈은, 너무 강력했습니다."

단장이 몸을 부르르 하고 떨었다.

생각도 하기 싫다는 것처럼.

"피해가 급격하게 늘어났기에 더 이상 싸울 수 없다고 판단해 후퇴했습니다."

"고생했네. 뒤에서 쉬고 있게나."

애초의 목적은 달성하지 못했다.

흑마법사의 위치 파악. 혹은 그를 교란시켜 모습을 드러내게 하는 것에 실패한 것이다.

키메라조차 넘지 못했지.

지금은 입구까지 쫓아왔을지도 모를 키메라에 대비하는 게 우선이었다. 서둘러 자리로 돌아가 증폭 마법으로 명령을 내렸다.

"키메라가 튀어나올지도 모르니 다들 준비하도록!"

"예!"

기사는 큰 원을 그리며 입구를 포위했고 병사는 방패를 손에 쥐고 출입구를 지켰다.

그 뒤에 위치한 궁병들은 시위에 화살을 걸고 대기했다. 곧 전투가 벌어질지도 모른다는 긴장감이 그들의 얼굴을 휩쓴 상태였다.

다만 아뮤르 공작의 바로 앞에 위치한 마법사들은 여전히 여유로운 분위기를 뿜어내고 있었다. 여유롭다는 것이 나쁜 건 아니었지만 현재의 상황과는 명백하게 어울리지 않았다.

무려 흑마법사가 아니던가. 한때 세상을 재앙으로 물들였던 그 악마.

"흐음."

아뮤르 공작이 마법사에게 주문을 미리 외워두라고 말하려는 순간이었다.

콰아아앙!

폭발과 함께 입구가 부서졌다.

키, 키키킥!

기이한 웃음소리와 함께 키메라 한 마리가 얼굴을 들이밀었다. 뒤이어 입구의 주변에서도 폭발이 일어나면서 공간이 더욱 넓어졌다.

그곳에서 다수의 키메라가 모습을 드러냈다.

대기하던 궁병들이 시위를 놓았다.

팡, 파아앙!

뻗어 나간 화살들이 키메라의 신체에 꽂혔지만 고통을 느끼지도 못하는지 그대로 돌진해 왔다.

미리 준비를 했더라면 마법사들이 마법이라도 쏘았겠지만 그게 아니었기에 병사들이 고스란히 놈들을 막아낼 수밖에 없었다.

다가온 키메라가 지척에 도달했을 때, 타이밍을 맞춰 방패를 앞으로 내밀었다.

쿠우웅!

충격에 병사들이 뒤로 주르륵 밀려났다.

끝이 아니었다.

쿵, 쿠우웅!

넓어진 입구에서 끝도 없이 밀려 나오는 키메라가 힘으로 밀어붙였다.

더 이상 버티지 못한 병사들의 대열이 흐트러지면서 뒤쪽에 위치하던 궁병들이 키메라의 파도에 휩쓸렸다.

"크아아아악!"

"사, 살려줘!"

궁병 몇 명의 사지가 찢어졌다.

누군가는 팔이 떨어졌고, 어떤 이는 상하체가 분리되었다.

"아, 아파, 아프다고오오오!"

"제, 제발……!"

잔인했다.

"마법은 멀었나!"

아뮤르 공작의 외침과 함께.

"돼, 됐습니다!"

"어서!"

캐스팅을 마친 마법사들이 공격 마법을 퍼부었다.

콰콰과광!

왕국과 제국에서 뽑은 정예 마법사인 덕분인지 파괴력이 장난이 아니었다. 화염 계열 마법에 직격당한 키메라 한 마리는 전신이 불에 탄 상태로 허우적거렸고 빙결 계열 마법에 맞은 키메라는 얼어버린 채 움직이지 못했다.

전격 계열에 당한 키메라는 몸을 떨며 옆으로 쓰러졌다.

"전진!"

폭발의 여파가 채 가시기도 전에 포위망을 구축하고 있던 기사들이 움직였다.

던전에 진입하여 동료를 잃은 단장 역시 보였다. 그는 매서운 눈빛으로 얼어붙은 키메라에게 다가가 검을 그었다.

유리가 깨어지듯 얼음이 조각났다. 지나가며 불이 붙어 발광하는 키메라를 방패로 밀어버렸다. 그 불길이 주변 키메라에게 옮아 붙었다.

키, 키키키킥!

고통에 절규하는 것일까. 파괴에 대한 희열?

그도 아니면 죽을 수 있다는 것에 대한 기쁨일까.

키메라는 기이한 웃음을 내뱉으며 단장에게 달려들었다.

"하아아압!"

단칼에 목이 날아갔다.

데구르르.

바닥을 구른 키메라의 얼굴이 눈에 들어왔다.

웃고 있는 입.

단장은 잠깐 그것을 바라보다 다시 정면에서 달려드는 키메라를 눈에 담으며 방패를 앞으로 내밀었다.

콰앙!

오히려 힘에서 키메라를 이겨 버린 단장이 방패를 내리며 검을 휘둘렀다.

서걱.

키메라의 팔 하나가 떨어졌다.

놈들을 압도하고 있었다. 다른 기사들 역시 한 마리씩, 차분하게 처리하는 게 보였다. 이대로라면 머지않아 키메라를 모두 쓰러뜨릴 수 있으리라.

그렇게 여기는 순간.

콰아앙!

입구가 다시 한번 터졌고 동시에 전투가 중단되었다. 죽음을 불사하던 키메라가 갑자기 바닥에 엎드리더니 벌벌 떨기 시작한 것이다.

"왜……?"

의문은 금세 풀렸다. 터져 버린 입구에서 강력한 존재감을 뿜어대는 한 마리의 키메라가 튀어나온 탓이었다.

놈을 확인한 단장이 외쳤다.

"그, 그놈입니다!"

동료를 사정없이 짓이겼던 키메라. 바로 그 녀석이었다.

아뮤르 공작이 중얼거렸다.

"그놈?"

단장이 계속 외쳤다.

"저 녀석입니다! 기사단을 반쯤 괴멸시킨 놈이……!"

"으음."

그제야 이해한 아뮤르 공작이 심각한 표정으로 놈을 쳐다봤다.

투구를 연상시키는 형상의 얼굴이었는데 눈, 코, 입이 존재하지 않아 기이했다. 드러난 상체는 대충 보기에도 단단하기 그지없었고 다리까지 모두 드러났을 땐 어마어마한 크기에 넋을 놓았다.

압도적인 존재감.

그런 기운을 물씬 풍기며 놈이 주변을 훑었다.

"저, 저런……."

"크군."

"게다가……."

뒷말은 삼켰다.

강하다.

싸워보지 않아도 알 수 있었기에 기사는 물론 마법사들의 표정도 굳어졌다. 단지 눈만 마주쳤을 뿐임에도 압박감에 어깨가 짓눌렸으니까.

쿠웅.

놈이 한 걸음을 내디디고.

"크아아아아아!"

뒤이어 공기를 찢어버릴 정도의 괴성이 울리며 고막을 때려댔다.

움찔, 움찔.

뒤이어진 충격파에 몸이 절로 꿈틀거렸다.

스윽.

그 순간 거대한 키메라가 손을 뻗었다. 기사와 병사들이 흠칫, 놀라며 뒤로 물러났으나 키메라의 손은 그들을 노리지 않았다. 엎드려 떨고 있던 자그마한 키메라 한 마리를 들어 올렸다. 아무것도 없던 얼굴이 반으로 갈라지더니 흉측한 입이 튀어나왔다.

꽈드득, 꽈득.

듣기 싫은 소리가 크게 울렸고 그에 놀란 키메라들이 벌떡 일어서더니 사방으로 달아났다.

포위하고 있던 기사들이 막았으나 흥분이 극도로 치솟은 키메라는 앞서 상대했을 때보다 훨씬 까다로웠다.

키, 키키키킥.

공포에 물든 표정으로 기이한 웃음을 내뱉는 키메라들.

위화감에 짜증이 솟구친 아뮤르 공작이 크게 외쳤다.

"물러서지 마라!"

증폭 마법 덕분에 넓게 퍼졌다.

"이곳에서 흑마법사를 처리해야만 한다! 그래야만 우리들의 가족이 안전할 수 있다!"

그제야 정신을 차린 병사와 기사들이 손에 든 무기와 방패를 강하게 쥐고서 달려드는 키메라를 똑바로 마주했다.

물러서는 순간 이 괴물들이 마을을 집어삼키리라.

소중한 이들이 위험해지는 것이다.

그것만은……!

절대로 그런 일이 있어선 안 된다.

그 각오가 기세로 변환되었다.

"물러서지 마라!"

기사들이 앞장서서 키메라를 밀어붙였다.

"사제!"

"네!"

사제들이 사방으로 퍼지며 상처 입은 이들에게 치유 마법을 사용했다. 그때까지도 작은 키메라를 먹어 치우던 거대한 키메라가 드디어 몸을 움직였다.

파아앗.

지면을 한 번 차더니 달려왔다.

단장이 앞으로 나섰다.

방어에 모든 신경을 집중한 덕분에 첫 번째 부딪힘에서는 크게 밀리지 않을 수 있었다.

하지만 연이어진 공격에 방패가 우그러졌고 세 번째 공격에 갑옷이 찌그러졌다. 충격에 내장이 진탕되면서 핏물이 솟구쳤다.

"커허어억……."

한참을 날아간 단장이 바닥을 굴렀다. 달려온 사제가 복원 마법과 치유 마법을 사용한 덕분에 곧바로 일어설 수 있었지만 그 잠깐 사이에 벌어진 참상에 숨이 멎었다.

"크아아아악!"

"막아!"

"치료부터 해!"

병사는 한 번의 공격을 제대로 버티지 못했다.

기사는 두 번이 한계였다.

압도적인 파괴력에 벌써 다섯의 기사가 중상을 입었다. 물론 사제의 도움으로 그중 네 명은 몸을 일으켰지만 한 명은 끝내 죽어버리고 말았다.

"감히……!"

분노를 삼키며 놈에게 나아가려는 순간.

쿠웅.

입구가 다시 한번 흔들렸다. 거대 키메라와 흡사한 존재감을 지닌 또 다른 녀석이 얼굴을 내밀고 있었다.

파도처럼 밀려들던 몬스터의 끝이 드디어 보였다.

"후아."

"진짜 징글징글했다."

무혁도 상당히 피곤했다.

"괜찮아, 오빠?"

예린의 물음에 고개를 끄덕였다. 마침 강지연도 다가왔다.

"너, 대단하더라?"

"이제 알았냐."

"랭커인 건 알았지만……."

무혁이 피식하고 웃었다.

"좀 쉬자."

"응!"

"그래."

자리에 앉은 무혁은 두개골부터 확인했다.

어둠에 물든 녀석들이라 그런가?

두개골이 나오는 확률이 꽤 높았다. 덕분에 흑룡의 두개골만 3개를 얻었고 랩터의 두개골은 4개를 얻었다.

조금 있다가 진화시키자.

지금은 피곤했기에 휴식이 먼저였다. 인벤토리를 닫은 후 이 것저것 확인하던 무혁은 마지막으로 남은 유저가 얼마나 되는지 살폈다.

[총책임자 시스템]

휘하 유저의 수 : 32,538명

-100레벨 이하 : 717명

-100~110레벨 : 19,431명

-110~120레벨 : 8,111명

-120~130레벨 : 2,876명

-130~140레벨 : 1,143명

-140~150레벨 : 201명

-150~160레벨 : 10명

살아남은 이가 32,538명. 18,000명 정도의 유저가 이번 전투가 죽어버렸다. 그나마 고레벨의 유저가 거의 죽지 않아서 위안이 되었다.

물론 환각의 독을 제대로 사용하지 못했다면 훨씬 더 많은 유저가 죽었으리라.

그래도 이 정도라면……

무혁의 시선이 중턱을 향했다. 수시로 폭발음이 들렸다.

전투가 벌어지고 있다는 사실은 명확했지만 그들이 쉽게 밀릴 거라 생각하진 않았다. 누가 뭐라고 해도 그들은 왕국과 제국의 정예들이었으니까.

물론 그들 역시도 피해를 크게 입겠지만 남은 유저들이 합세한다면 승산이 꽤 높을 거라고 여겼다. 그렇다고 당장 갈 수는 없었다. 유저들의 피로감이 가볍지만은 않았으니까.

최소한의 휴식은 필요해.

무혁은 손을 뻗어 150~160레벨을 클릭했다.

10명의 유저가 나열되었다.

154Lv(무혁)

154Lv(강철주먹)

154Lv(예린)

153Lv……

강철주먹이란 닉네임이 눈에 들어왔다.

"살아 있네."

"응?"

"민우 녀석, 살아 있는지 확인한 거야."

"아, 괜찮은 거야?"

"응."

"다행이네."

대략 5분의 시간이 흘렀을 즈음 무혁이 몸을 일으켰다. 짧은 시간이지만 알아서들 스스로를 챙겼으리라 믿으며 지시를 내렸다.

"중턱까지 올라갑니다."

전달받은 이들이 옆으로, 또 옆으로 그 말을 넘겼다. 순식간에 5조까지 전달되었고 5조의 조장이 걸음을 내디뎠다.

살아남은 유저들 전원이 전투가 벌어지는 중턱으로 이동했다. 머지않아 격렬한 전투가 치러지는 접전지에 도착했다.

"저, 저거 괜찮은 거야?"

"으음."

강지연이 물어왔지만 대답할 수 없었다. 한눈에 봐도 상태가 꽤나 심각함을 알 수 있었기 때문이다.

"여기서 잠깐 기다리고 있어."

"그래."

"오빠, 조심해."

고개를 끄덕인 무혁이 지면을 찼다.

윈드 스텝.

빠른 속도로 아뮤르 공작에게 다가갔다. 이미 유저가 나타났음을 알고 있던 아뮤르 공작이었기에 무혁을 반겼다.

"자네 왔군!"

"네, 상황은……."

아뮤르 공작이 한숨을 쉬었다.

"보다시피 어려워. 어서 합류해 주게나."

"알겠습니다."

대답을 들은 아뮤르 공작이 외쳤다.

"이방인들이 왔다! 조금만 더 힘을 내어라!"

그 말에 병사와 기사, 사제와 마법사 모두 눈을 빛내며 힘을 쥐어짜 냈다.

무혁 역시 더 이상 머뭇거릴 수 없었기에 증폭 마법을 받은 후 크게 외쳤다. 전달은 하되, 5조가 움직이는 걸 기다릴 필요가 없다고 덧붙이면서 말이다.

"우와아아아!"

"공격!"

"빨리 끝내고 쉬자!"

가장 먼저 마법이 뿜어졌다.

콰아앙!

위치는 키메라가 모인 중앙 부분. 아무리 키메라가 강해도 수백이 넘는 마법사 유저들이 뿜어대는 마법 공격을 버틸 정도는 아니었다.

순식간에 키메라 일부가 녹아버렸다. 뒤이어 쏟아진 화살도 상당히 많은 키메라를 처리했다.

큰 성과는 아니었지만 앞서 무수한 몬스터를 죽이면서 자신감이 차오른 상태였다. 기세가 하늘 높이 차오른 지금은 그 작은 것조차 크게 다가왔다.

"별거 없잖아!"

"쓸어버려!"

뒤이어 근접 유저들이 달려들었다.

유저들의 공격에 키메라가 죽어 나갔다.

-이렇게 끝나나요?

-생각보다 쉽네요.

-그래도 대규모 전투 장면은 쩔었음.

-ㅇㅈ

-키메라한테 마법 쏘는 거 봤음?ㅋㅋㅋ

-무슨 수백 개가 동시에 터짐.

-핵폭탄도 아니고ㅋㅋㅋ

-폭발 엄청나긴 했지.

-멋있었음ㅎㅎ

-뭐, 아무튼 고생했네요.

이대로 돌진해서 에피소드를 끝낼 거라고 추측하는 모양이 었다.

-쩝, 나도 참가하고 싶었는데.
-생각보다 쉬워 보여서 보상이 그렇게 좋지는 않을 듯.
-하긴, 첫 번째 에피니까요.
-ㅇㅇ, 두 번째, 세 번째 기대 중.
-다들 왜 끝난다고 생각함?ㅋㅋ
-이미 기세를 탔음.
-아직 모름. 저기 엄청 큰 키메라도 있고.
-덩치만 커봤자, 뭐.

그 순간이었다. 거대한 키메라를 막아내고 있던 기사 다섯 명이 뒤로 날아갔다. 자유를 되찾은 거대 키메라가 유저들에게 돌진했다.

그리고 일어난 참상. 뭉쳐 있던 유저들이 한 방에 즉사해 버렸다. 연기가 되어 사라진다.

-미, 미친……
-ㅋㅋㅋㅋㅋㅋㅋㅋㅋㅋ
-뭐임?

무혁의 시선이 돌아가면서 자연스럽게 화면 역시 그 시선을 따라갔다. 괴성을 내뿜으며 다른 곳으로 돌진한 거대 키메라가 뭉쳐 있던 유저들을 또다시 짓이겨 버렸다.

-와, 대박. 저건 진짜 압도적이다.

-녹네…….

-저놈을 기사들이 막고 있었던 거구만.

-제대로 날뛰기 시작하면 답이 없을 듯?

-역시 괜히 에피소드가 아니라니까요. 아직 흑마법사는 보이지도 않잖아요. 이거 제가 보기에는 못 깸.

-으음. 그럴지도…….

-아직 모름.

-ㅇㅇ, 유저랑 NPC 여전히 많음.

-사제도 많고.

-무혁 님도 멀쩡합니다.ㅋ

-근데 저기, 기어 다니는 키메라도 장난 아닌 듯?

-어, 그러네요. 기어 다니는 놈한테도 기사가 상당히 붙어 있네요. 저 기사들까지 날아가면 어떻게 되려나.

말이 씨가 되는 걸까. 정말로 그런 일이 일어났다.

기어 다니던 키메라를 막고 있던 기사 한 명이 지치면서 약간의 빈틈이 생겨 버렸다. 그 틈을 이용해 몸을 비튼 키메라의 꼬리가 주변에 있던 다른 기사들을 날려 보낸 것이다.

-워, 진짜로 기사들 날아갔는데?ㅋㅋㅋ

　서둘러 접근한 유저들이 기사를 대신해서 막아서는가 싶었
지만 연이은 회전에 앞선 기사들과 마찬가지로 사방으로 흩어
지고 말았다. 멀리서 공격을 퍼부었으나 타격이 제대로 들어가
지 않았다.
　그사이 공간은 더욱 넓어졌고 놈의 회전속도가 빨라졌다.
순식간에 작은 회오리를 만들어냈다.

-저거, 망한 듯?
-왜요?
-보나마나 저 회오리가 커질 테니까요.
-음, 그러려나요…….
-100퍼임.

　누군가의 예상대로였다. 회오리는 커졌다.
빨라졌고 더욱 강력해졌다.

-거의 토네이도급인데요?
-ㅇㅇ, 미니 토네이도
-와, 빨려 들어가면 바로 갈리겠네요.
-무섭다…….

그것에 마법이 쏘아졌으나 닿는 순간 소멸했다.

-마법도 안 통함.ㅋㅋㅋ
-GAME OVER.

커질 대로 커진 그것이 드디어 움직이기 시작했다.
주변의 모든 것을 집어삼키기 위해서.
무혁이 외쳤다.
"물러서!"
상황이 급박한 지라 존대를 할 겨를은 없었다.
다행히 무혁의 외침이 아니더라도 자살을 시도할 정도의 어
리석은 이들은 없었다. 병사와 기사는 물론이고 유저들 전원
이 거리를 벌리기 위해 애썼다. 하지만 흡입력이 워낙에 강해
서 쉽사리 벗어날 수 없었다.
"크으으……!"
"흐읍!"
"누가 좀 당겨봐!"
결국 버티지 못한 일부 유저와 NPC는 흡입력에 끌려가고
말았다.
짜드득.
유저와 연기가 되어 사라졌다지만 NPC는 달랐다. 그들은
정말로 전신이 부서지고 우그러지며 가루가 되어버렸다.
새빨간 피를 대신한 은색의 빛이 터졌으나 그 은빛마저 바

람에 휩쓸려 형체를 잃었다.

NPC만이 아니었다. 주변에 존재하던 키메라 대부분을 빨아들이더니 삼켜 버렸다. 은빛과 회색빛, 주변 지형지물로 얼룩진 토네이도는 바라보는 것만으로도 역겨울 정도였다.

지독스럽게 잔인한 광경이기도 했고.

"……."

모두가 말을 잃었다.

죽기 싫어.

오직 그 일념 하나만이 전신을 채울 뿐이었다.

입을 다물고 힘을 냈다.

저 강력한 바람, 포식자로부터 도망치기 위해서.

-핵 고요하다…….

-제가 저기 있었으면 마찬가지였을 듯.

-근데 잘된 거 아님?

-뭐가 잘됨? NPC랑 유저가 죽어 나가는데.

-근데 키메라가 더 많이 줄었잖아요.

-ㅇㅇ. 키메라 숫자 엄청나게 줄어들고 있음.

-NPC 죽는 건 솔직히 잔인했음. 그래도 이득은 이득임.

-ㅇㅈ

-상황이 이렇게 풀리나ㅋㅋㅋ

-진짜.ㅋㅋㅋ

일루전TV 시청자들은 긍정적으로 상황을 해석했다.

확실히 키메라의 수가 현격하게 줄어들기는 했으니까.

하지만 그들의 생각을 비웃기라도 하듯, 또 다른 변화가 일어났다.

콰직, 콰지직.

키메라가 나타났던 입구가 격하게 흔들리더니 다시 한번 부서진 것이다. 그러면서 한층 더 넓어졌는데 그 공간으로 보다 더 거대한 키메라 한 마리가 나타났다.

지금의 강력한 바람으로도 간신히 입구를 부서뜨릴 정도였으니 지금까지 나오지 못했던 것도 이해는 갔다.

지금 막 나온 녀석은 토네이도에도 휩쓸리지 않았다. 꽤나 강력한 녀석이라는 게 그것만으로도 증명이 되었다.

키아아아아!

흡입력을 무시한 채 유저에게 다가갔다.

"저 녀석, 오는 거 아냐?"

"막아!"

"젠장, 힘 빼면 바로 쓸려간다고!"

큰 녀석이 빠지면서 그 뒤에 있던 작은 키메라가 꾸역꾸역, 입구에서 나왔다.

녀석들 대부분이 토네이도에 휩쓸려 사라졌지만 그 강력한 바람조차 견뎌낸 일부 키메라가 사방으로 퍼져나갔다.

멀어지려는 유저와 NPC를 향해.

꽈드득.

일부 유저가 허무하게 죽어버렸다.

"피, 피해!"

주변에 있던 다른 유저들 역시 거기에 휩쓸렸다.

토네이도를 이기고 등장한 키메라는 정말로 강하고 빨랐기에 120레벨 아래의 유저는 아무런 반응도 하지 못했다. 그나마 130레벨 정도는 되어야 피하기라도 하는 수준이었다.

-와, 바람에 안 휩쓸리는 놈들, 너무 센데요?

-심각하네요…….

-유저들 큰일이네.

-NPC도요.

뒤이어 바람을 뚫어낸 또 다른 키메라가 NPC를 덮쳤다.

"정신 차려! 방패병 앞으로!"

"아, 앞으로!"

"기사단은 놈을 꿰뚫어라!"

"흐아아압!"

첫 공격은 어떻게든 막았지만 그 탓에 균형이 흔들리면서 몇 명의 방패병이 토네이도의 흡입력에 끌려가고 말았다.

바람에 휩쓸린 그들은 전신이 조각났다. 바람에 쓸리진 않았으나 역시 균형을 잃은 두 명의 방패병은 키메라의 공격에 당해 중상을 입었다.

기사들이 다급히 녀석을 포위했지만 제압하기까진 상당한

시간이 걸리리라.

심각한데.

무혁의 표정이 굳었다. 이곳에 유저만 있었다면 상황을 더 살폈겠지만 목숨이 하나뿐인, 이곳 일루전이 진짜 세상인 NPC까지 있었기에 당장 움직여야만 했다.

다른 자들은 레벨이 극히 낮은 이들은 알아서 피하고 있었고 그나마 상대가 가능한 이들은 나름대로 힘을 보태는 상황이었다.

그나마 다행이랄까.

스켈레톤은 아머나이트와 아머기마병이 꽤 버티는 수준이었기에 녀석들만 이용해야 할 것 같았다. 나머지 아머메이지나 아머아처, 그리고 일반 스켈레톤은 바람을 견디는 것만으로도 버거운 수준이었다.

리바이브를 사용할까 싶었지만 어차피 토네이도에 휩쓸린 약한 녀석들이라 불러내도 도움이 되지 않을 것 같았다.

강한 녀석을 잡고 놈들을 살린다.

아머나이트, 앞으로. 아머기마병, 앞으로.

두 녀석을 지휘하여 몇 마리의 키메라를 포위했다.

방어 모드.

무혁도 움직였다.

윈드 스텝. 파바밧.

병사를 짓이기고 있는 호랑이 무늬 키메라에게 접근한 무혁이 검을 휘둘렀다.

풍폭, 십자베기.

폭발음과 함께 놈의 등에 십자 모양 상처가 생겼다.

충격에 분노한 녀석이 몸을 틀더니 무혁을 노려왔다.

생각보다 빠른 반응 속도에 무혁의 미간이 찌푸려졌다.

다급히 뒤로 물러서려고 했지만 놈이 더 빨랐다. 순식간에 접근한 녀석의 손이 붉은빛으로 물들었고 그 빛이 무혁의 가슴을 때려 버렸다.

콰득.

미처 방패로 막지도 못했다.

[2,117의 대미지를 입습니다.]

HP가 2천이 넘게 줄어들어 버렸다. 그나마 다행이라면 날아간 방향이 유저들이 위치한 곳이라는 점일까.

뭉쳐 있는 유저들이 날아온 무혁을 받아주면서 2차 피해를 막을 수 있었다.

몸을 일으킨 무혁은 서둘러 검을 활로 변형한 후 달려드는 키메라를 노린 채 화살을 날렸다.

풍폭, 강력한 활쏘기.

화살 한 대가 녀석의 어깨에 박혔다.

달려드는 속도가 늦어졌다.

풍폭, 멀티샷.

이번에는 복부와 허벅지, 그리고 가슴에 꽂혔다.

속도가 조금 더 줄어든 순간 무혁은 반원을 그리면서 크게 돌아 나갔다.

공격을 받은 녀석은 오직 무혁만을 바라보며 쫓아갔기에 뒤에 남은 유저들이 위험해질 일은 없었다. 그들에게서 신경을 끄고서 눈앞에 있는 키메라만을 쳐다봤다.

거리가 조금이라도 좁혀진다 싶으면 오직 도망치는 것에만 집중했다. 그러다 여유가 생기면 스킬을 걸어 화살을 날리기를 반복했다.

몇 대의 화살을 날렸을까.

[크리티컬이 터집니다.]

오랜만에 터진 크리티컬이었다.

[963의 대미지를 입힙니다.]
[1,565의 추가 대미지를 입힙니다.]
[특수 상태 이상 '과다출혈'이 발동됩니다.]

강력한 파괴력에 순간 녀석이 굳어버렸고.

지금!

빠르게 거리를 좁힌 무혁이 활을 검으로 변형했다.

검날에 혼란의 물약을 바른 후 눈앞에 있는 호랑이 무늬 키메라를 무차별적으로 그어버렸다.

3초의 여유. 그 안에 쉴 새 없이 검을 휘둘러 무수한 상처를 만들어내리라.

한편.

"야, 저기!"

"어……!"

무혁의 사투를 지켜보던 유저들이 눈을 빛냈다.

"역시 대단한데?"

"도와야 하나?"

"도울 순 있고?"

"음, 전력을 다하면?"

토네이도의 영향으로부터 조금은 여유가 있던 130레벨 이상의 고레벨 유저들. 그렇다고 키메라를 상대로는 자신이 없던 그들이 무혁의 활약에 자극을 받았다.

"어쨌든 다 처리해야 될 거 아냐?"

"보상받으려면 그래야지."

"그럼 해보자고."

"그래, 시바아아알. 해보자!"

그들이 무혁에게 다가갔다.

흐음.

그 기척을 느낀 무혁이 썩 달갑지 않은 표정을 지었다.

오히려 귀찮을 뿐.

그래도 도움을 거절할 필요까진 없었다. 저들이 한 번이라도 공격을 제대로 해준다면 1초라도 빨리 놈을 쓰러뜨릴 수 있을 테니까.

마침 다가온 유저가 검을 그었는데 환각의 독이 묻어 있었는지 움직이려던 키메라가 다시금 굳어버렸다.

그래도 센스는 있네.

뒤이어 도착한 유저들과 함께 놈에게 공격을 집중했다.

쾅, 콰아아앙!

그래도 놈은 쓰러지지 않았다. 환각의 독이 풀리고 둔화의 독, 출혈의 독, 거기에 장막의 물약을 모두 사용하고서야 겨우 처리할 수 있었다.

리바이브.

곧바로 리바이브를 사용해 놈을 되살렸고 잠깐의 시간 동안 주변 상황을 파악했다.

키메라 몇 마리를 포위하여 방어에 집중하고 있던 아머나이트와 아머기마병은 이미 몇 마리가 부서져 역소환이 된 상태였기에 방금 되살린 키메라를 그곳으로 보냈다.

다른 곳은?

저 멀리, 키메라를 상대하고 있는 기사들이 보였다.

이미 그들에게 몇 마리의 키메라가 쓰러진 모양이었다. 물론 그 과정에서 얻은 피해는 결코 만만치 않았지만.

그래도 생각보다는 상황이 암담하지 않았다.

할 수 있겠는데?

그러다 한 마리의 키메라가 눈에 들어왔다.

윈드 스텝!

발견하는 즉시 달려 나갔다.

파바밧.

사제와 마법사를 노리고 있는 한 녀석을 처리하기 위해서.

●

무혁의 활약이 이어질수록 채팅방의 분위기가 변했다.

-와, 무혁 님. 진짜 대단하긴 하네요

-150레벨이 넘어야만 보일 수 있는 수준인 거죠

-확실히······.

-레벨 차이가 진짜 큽니다. 148이랑 149는 차이 없지만 149랑 150은
차원이 달라요. 그러니까 우리 다들 어서 레벨 업 합시다.

-그보다, 이거 정리되는 분위기?

-ㅇㅇ, 정리되고 있음.

-이기는 거임?

-그러는 중.

-특히 리바이브로 되살린 놈들 활약이 대단함ㅋㅋ

-혼자서 일당백ㅋㅋㅋㅋ

-일당천인 듯.

-ㅇㅈ

물론 무혁만 활약을 한 건 아니었다.

무혁보다 레벨이 높은 일부 기사들 역시 이리저리 바쁘게 뛰어다녔다. 다만 강한 키메라를 되살려 아군으로 사용하는 탓에 남들보다 조금 더 눈에 띌 수밖에 없었다.

-와, 키메라 거의 안 보임.
-한 다섯 마리?
-그 정도 남았네요.

마침 토네이도까지 잠잠해지기 시작했다.

-오, 바람도 약해지고 있네요.
-이겼네요.
-ㅇㅇ, 다행이기도 하고……
-아쉽기도 하고?
-ㅋㅋㅋㅋ

토네이도의 영향력이 낮아진 틈을 이용해 많은 유저와 NPC들이 움직였다. 덕분에 남은 키메라를 순식간에 처리할 수 있었다. 거의 동시에 토네이도를 일으켰던 키메라의 형상이 드러났다.

놈을 바라보는 유저와 NPC의 미간이 찌푸려졌다.

"미친."

"하아, 저건 또 뭐냐."

실로 어이없다는 표정의 유저와.

"저, 저럴 수가……."

"으음."

위기를 넘겼으나 보다 더 짙은 위기가 다가왔다는 절망 어린 표정의 병사들, 긴장감으로 물든 표정의 기사와 허탈한 표정의 사제, 그리고 지친 기색이 역력한 마법사들.

그들은 모두 다른 표정을 하고 있으나 감정만은 동일했다.

-×됐음, ㅎㅎ

-ㅋㅋㅋㅋㅋㅋㅋㅋ

-ㅋㅋㅋㅋ, 와, 대박

-망했네.

-위에 아쉽다는 사람 나오세요.ㅋㅋ

-ㅈㅅ…….

-설마 이럴 줄은.ㅋㅋㅋ

키메라를 집어삼킨 토네이도. 그 바람을 일으킨 녀석의 덩치가 족히 다섯 배는 더 커진 상태였다. 그와 비례하여 놈에게서 뿜어지는 위압감 역시 비슷하게 증가했다. 단지 바라보는 것만으로도 몸이 으슬으슬 거리며 떨려왔다.

마치 포식자가 먹잇감을 바라보는 듯한 느낌이었다.

당장에라도 잡아먹힐 것만 같은 억압이 전신을 옭아맨 상태라 누구도 쉽사리 움직일 수가 없었다. 손가락 하나라도 까딱하는 순간 놈의 공격이 시작될 것만 같았다.

"어, 어쩌지?"

"하아……."

일부는 절망했지만 일부는 아니었다.

"그래도 한 마리야."

"그래, 한 마리."

겨우 한 마리일 뿐이다.

"놈만 처리하면 돼."

하지만 죽어버린 기세는 쉽사리 돌아오지 않았다.

흐음…….

심지어 무혁조차 표정이 굳었다.

녀석 한 마리가 전부였다면 오히려 희망을 얻었겠지만 그게 아님을 알고 있었다. 가장 강력한 적이라고 할 수 있는 흑마법사 지케라는 코빼기도 보이지 않는데 유저와 NPC의 전력은 뭉텅뭉텅 잘려 나가는 상황이었으니까.

그렇다고 당장 해결할 수 있는 문제도 아니었기에 일단은 작금의 상황에 집중하기로 했다.

방법은?

슬쩍 주변을 확인했다.

리바이브로 소환한 일부 키메라와 절반 정도의 스켈레톤이 남아 있는 상태였다.

아, 두개골.

조금이라도 더 가능성을 높여야 할 상황이었기에 무혁은 급히 인벤토리에서 두개골 7개를 모두 꺼냈다.

　두개골마다 특성이 달랐기에 하나씩 확인한 후 검뼈 3마리, 기마병 1마리, 활뼈 2마리, 마법사 1마리를 불렀다.

　여전히 내려다보는 거대 키메라를 자극하지 않기 위해 최대한 기척을 죽이고 움직였다.

　이후 녀석들의 두개골을 천천히 뽑았다. 뽑은 자리에 새롭게 얻은 두개골을 특성에 맞게끔 꽂았다.

[진화를 시작합니다.]×7

　총 7마리가 동시에 진화를 시작했다.
　조금만 기다려라, 제발.
　진화를 마칠 때까지 놈이 움직이지 않기를 기도했다.
　조금만 더.

['강화 스켈레톤 전사'로의 변화를 마칩니다.]

　물론 여기서 끝이 아니었다.

[강화 스켈레톤 전사1이 '아머나이트'로 변화…….]

　일반 검뼈에서 강화뼈로 강화뼈에서 아머나이트로.

그 변화가 한 번에 일어나면서 상당한 전력의 상승이 이루어졌다.

그럼에도 불구하고 거대 키메라를 상대하기엔 버거울 것이 분명했지만 조금이라도 가능성이 높아진다면 그것으로 충분하다고 여겼다.

"오, 온다……!"

마침 거대 키메라가 움직였다.

가벼운 한 걸음이었지만 피식자의 입장에선 죽음에 이르는 가공할 폭격이었다.

쿠우우웅!

한 걸음이 만들어낸 결과물은 놀라웠다.

정말 폭탄이라도 떨어진 것처럼 지면이 크게 패인 것이다.

자연스럽게 뒤로 물러나게 되었는데 그 두려움을 지워 버리고 싶은지 아뮤르 공작의 거친 목소리가 울려 퍼졌다.

"두려워 마라!"

갑작스러운 말에 뒷걸음질을 멈췄다.

"이제 우리의 승리가 머지않았다! 가족들의 안전이 코앞까지 다가왔다! 한 걸음, 단 한 걸음만 더 내딛는다면 승리는 우리의 것이 되리라!"

이상하게도 그의 말을 듣는 순간 두려움이 사라지는 기분이었다.

뭐지……?

마침 떠오르는 메시지.

[아뮤르 공작이 '사기 상승'을 사용하셨습니다.]
[아군의 사기가 크게 증가합니다.]
[모든 능력치가 5퍼센트 상승합니다.]
[지속 시간은 10분입니다.]

사기 상승. 아뮤르 공작의 스킬인 모양이었다.

대단한데?

무혁은 새삼스레 그를 바라봤다.

무려 5퍼센트의 상승이다.

잠력 격발이 5분간 15퍼센트의 상승이니 그와 비교해도 손색이 없었다. 능력치의 상승폭이 낮은 대신 다수에게 적용이 되었고 또 시간도 길었으니까.

대규모 전쟁에서는 무혁의 잠력 격발보다 훨씬 더 가치 있는 스킬이었다.

여기에 잠력 격발까지 사용한다면?

무려 15퍼센트의 상승.

스탯의 상승으로 인한 영향은 소환수에게도 긍정적이니 충분히 저 거대 키메라에게 어떻게든 비벼볼 수 있으리라.

만약 그렇게만 된다면 아군의 기세를 한층 더 높일 수 있으리라.

[HP와 MP가 30퍼센트 차오릅니다.]

[5분간 모든 능력치가 15퍼센트 상승합니다.]

그렇기에 사용했다.

동시에 한 걸음을 내디뎠다.

저벅.

아뮤르 공작이 말한 한 걸음과는 분명 다른 의미겠지만 모두가 멈춘 상황이라 그 한 걸음은 유독 눈에 들어왔다.

유저도, NPC도, 모두가 무혁을 주목하게 되었다.

아머나이트 32마리.

아머기마병 7마리.

아머아처 16마리.

아머메이지 8마리.

얼마 남지 않은 일반 스켈레톤과 되살려낸 강력한 키메라 26마리까지.

"가자고."

전부가 앞서나가는 무혁을 쫓는다.

시선을 느끼며 검을 뽑았다.

스르릉.

그리고 보여줬다.

놈을 어떻게 상대해야 하는지를.

제5장
실험체가 되다

15퍼센트의 능력치가 상승하면서 윈드 스텝의 효과 역시 크게 증가했다. 안 그래도 잠력 격발을 사용하면 세상이 느려지는 듯한 기분에 스스로의 속도를 조절하기가 어렵다.

그런데 여기에 추가로 5퍼센트까지 증가한 상태였으니 과연 어떠할까.

크읍⋯⋯!

세상이 빙그르르 도는 기분이었다. 빨라도 너무 빨랐다.

몇 걸음 나아갔다 싶으면 어느새 목표 지점에 도착하곤 했다. 덕분에 키메라의 공격을 피하며 각종 상태 이상을 걸 수 있었다.

[키메라F1이 느려집니다.]

[키메라F1이 출혈 상태에 빠집니다.]

[키메라F1이…….]

숨 돌릴 틈도 생겼고, 충분히 이길 수 있어.

위압감이 엄청나서 빠르고 강할 줄 알았는데 무혁의 예상치보다 조금 아래였다. 이 정도면 제압이 가능한 수준이었다.

물론 혼자서는 힘들겠지만.

뒤에는 유저와 NPC들이 있었으니까.

-워, 빛이 번쩍합니다요.

-화면이 슥슥 지나가네요, 못 알아보겠음ㅋㅋㅋ

-너무 빠름.

-그래도 한 가지는 확실하네요.

-뭐가요?

-무혁 님이 저 키메라 이기고 있다는 거.

-MP가 쭉쭉 따르고 있다는 거.

-가끔 충격파에 HP도 따르고 있다는 거.

-유저랑 NPC는 구경 중이라는 거.

-아무도 안 돕는다는 거.

-그렇다는 거.

-거, 거, 거. 그만합시다ㅋㅋㅋ

-와, 죽인다…….

-갑자기 뜬금포. 뭐가 죽여요?

-움직이는 속도…….

-그리고 보이는 세상이요. 라고 하려고 했죠?

-드, 들켰네. 어떻게 알았음.

-하루에도 한 번씩 말하잖아요. 이제 지겨움. 그만 좀 말하셈. 도대체 VR 자랑 언제까지 하려고 그러는 거임?

-ㅋㅋㅋㅋㅋㅋㅋㅋㅋㅋ

-현웃ㅋㅋㅋㅋ

-뿜었다ㅋㅋ

-뻘쭘……ㅋ

-근데 진짜 쟤들은 언제까지 구경만 하려는 거지?

-그러게요. 쩝.

마침 무혁도 인내심이 한계에 달한 상태였다.

아직도 안 도와?

절로 미간을 찌푸렸다.

"후아……."

놈을 잡는 동안 막을 키메라 몇 마리만을 두고 나머지 소환수와 함께 뒤로 물러났다.

천천히 몸을 틀어 멍하니 지켜보고 있는 NPC와 유저들을 두 눈에 담았다.

"뭣들 합니까."

"어……?"

"에?"

"나 혼자 싸웁니까?"

"아⋯⋯!"

"도, 도와야죠!"

아뮤르 공작조차 멍한 상태였다.

"크, 크흠."

헛기침과 함께 즉시 명령을 내렸다.

"모두 놈을 처리하라!"

"우와아아아아아!"

함성과 함께 각종 스킬들이 터져 나왔다.

쾅, 콰아아아앙!

각종 연계 공격이 이어지는 동안 무혁은 숨을 골랐다.

"기사들은 돌격하라!"

"돌격하라!"

기사와 근접 유저들이 거대 키메라를 포위했다.

그들의 전투를 지켜보며 무혁은 MP와 HP를 채웠고 풀이
되었을 때 소환수와 함께 전진했다.

무혁과 소환수가 끼어드니 확실한 우위를 점하게 되었다.

"할 수 있다고!"

"죽여 버려!"

유저들의 무차별적인 공격.

퍼억.

그 과정에서 얻을 수밖에 없는 피해들.

"시, 시바아알⋯⋯."

그나마 유저는 형편이 나았다.

죽어도 살아나니까.

NPC는 오직 한 번의 생이었음에도 목숨을 아끼지 않았다.

"크, 크읔……"

"어서, 치료부터 해!"

"힐링!"

"그레이트 힐!"

끝이 보였으니까.

크, 크르르…….

거대 키메라가 비틀거렸다.

지금!

무혁은 아끼고 있던 혼란의 물약을 사용했다.

[키메라F1이 3초간 신체 지배력을 잃습니다.]

유저와 기사가 놈의 상태를 눈치챘다.

"공격해!"

"끝내 버리라고!"

무차별적으로 공격을 퍼부었다.

1초, 2초, 그리고 3초.

곧바로 장막의 물약을 사용했다.

[키메라F1의 신체 지배력이 돌아옵니다.]
[키메라F1이 3초간 시야를 잃습니다.]

다시 3초가 흐르고.

"더, 더……!"

시야를 찾은 놈이 발을 굴렀다.

쩌드득.

짓이겨진 몇 명의 유저와 기사가 보였다. 애써 시선을 피하며 오직 거대 키메라, 놈에게만 집중했다.

크워어어어어!

전투는 생각보다 더 길게 이어졌다.

"젠장, 젠자아아아앙!"

"왜 안 죽냐고!"

5만에 달했던 유저가 중턱에서 3만으로 줄었고 이곳에 올라 키메라를 상대하며 5천 명만 남았다.

각 왕국과 제국에서 모인 정예병들 역시 3분의 1가량 목숨을 잃었다.

그럼에도 아직 쓰러지지 않는 녀석을 보며 좌절했다.

동시에 곧 쓰러질 거라는 희망을 놓지 못했다.

"빌어먹을, 아까부터 조금만 더, 조금만 더……!"

"도대체 언제까지!"

"닥치고 공격이나 해!"

"시바아아아알!"

상당한 시간이 더 흐르고서야.

[경험치를 획득합니다.]

그 희망이 드디어 현실이 되었다.

"쓰, 쓰러뜨렸다!"

"드디어……!"

유저들은 승리의 기쁨을 만끽했고 NPC들은 전우의 죽음에 대한 슬픔을 애도했다. 그러나 기쁨도 슬픔도 짧았다.

"저, 저기……."

"흑마법사, 지케라."

놈이 모습을 드러냈으니까.

구슬을 바라보며 웃는 지케라.

"크큭."

겨우 저 정도 키메라에 힘들어하는 꼴이라니.

우습기 그지없었다.

무려 대륙 통일을 바라던 그가 겨우 이 정도만 준비했을 리가 없었다. 물론 시간이 조금 부족해서 완벽하진 않지만 그렇다고 현재 모인 토벌대에 질 정도는 아니었다. 더 이상 키메라를 희생하는 것도 아까웠기에 직접 나서기로 했다.

비밀 연구소에서 나온 지케라가 허공을 날았다. 어둠의 길을 한참 동안 지나가니 저 멀리 빛이 보였다.

다 왔구나.

그곳을 빠져나가니 웃고, 또 울고 있는 인간들이 보였다.

"저, 저기……!"

"흑마법사, 지케라."

눈이 마주친 누군가가 읊조렸다.

침묵이 흐른다.

끝났다고 여긴 전투가 사실은 겨우 시작일 뿐이었음을, 이번 토벌의 목표가 흑마법사인 지케라임을 뒤늦게 떠올린 것이다.

절망 어린 표정이 떠오르고 지케라는 흡족한 듯 웃었다.

그리곤 손을 들어 올린다.

"전부, 죽어라."

거친 쇳소리는 여전했지만 예전처럼 끊어서 말하지는 않았다. 그런 지케라의 손에서 뿜어진 검은 기운이 하늘을 집어삼켰다.

"뭐야?"

"너무 어둡잖아!"

"라이트!"

누군가 마법을 사용했지만 그 작은 빛으로는 뿜어진 흑색의 기운을 가를 수 없었다. 시간이 지날수록 강해지는 그 기운에 대부분의 사람이 불안에 떨었다. 그중에서도 유독 마법사들의 반응이 더 격렬했다.

"으, 으으……."

그에 아뮤르 공작이 외쳤다.

"공격, 저 흑마법사를 공격하라!"

정신을 차린 무혁이 시위에 화살을 걸었다.

파앙!

쏘아진 화살은 흑마법사에게 닿기도 전에 튕겨졌다. 다른 이들도 따라서 공격을 시도했지만 역시나 흑마법사의 앞에 놓인 투명한 막을 뚫지 못했다. 그러는 사이 하늘을 채운 어둠은 더욱 진해졌고 그 어둠이 아래로 내려앉기 시작했다.

"으음!"

절로 신음이 터져 나온다.

짓눌리는 감각. 이 감각이 조금 더 강해진 상태로 지속된다면 몸이 터져도 이상할 게 없었다.

그때가 되기 전에 뭔가라도 해야만 했다.

무혁은 서둘러 주변을 훑었다. 시야가 닿는 곳까지 어둠으로 내려앉은 상태라 도망칠 곳은 없어 보였다. 지금은 피하는 게 아니라 막아야 함을 본능적으로 깨달은 그가 저 멀리 위치한 성민우에게 달려갔다.

"따라와."

"어? 어어."

그를 데리고 예린과 친누나, 강지연이 있는 곳으로 향했다. 이미 아머나이트1이 자리를 잡고 있었다.

아머나이트1을 제외한 전부를 돌려보냈다.

"전부 방패 들고."

"으응."

"알았어."

하지만 압박감은 사라지지 않았다.

"이거 도대체 뭐야?"

"글쎄."

무혁도 영상으로 딱 한 번을 봤을 뿐이었다. 그 결과만이 머릿속에 흐릿하게 남은 상태라 더욱 혼란스러웠다.

대부분이 죽었었지.

그때 흑마법사 지케라가 들어 올린 손을 내렸다.

아머나이트1, 피해 흡수 사용.

아머나이트1의 검에서 뿜어진 빛이 보호막이 되어 주변을 감쌌다. 동시에 주변 유저와 NPC가 바닥에 짓눌렸다.

"크어어어억!"

"미친, 뭐냐고오오!"

무혁과 성민우, 예린과 강지연은 아직 괜찮았다. 피해 흡수 스킬이 모든 것을 막아주고 있었기 때문이다. 제한 시간은 5초였지만 안타깝게도 그 시간조차 못 버틸 것 같았다. 시작부터 보호막이 거칠게 진동한 탓이었다.

"어, 어떡해?"

"버텨야지."

3초도 지나지 않아 보호막에 금이 갔다.

"온다."

뒤이어 막이 깨어졌고.

쿠우웅.

전신을 짓누르는 충격에 절로 몸이 숙여졌다.

흐읍!

방패로 막아도 소용이 없었다.

[HP가 지속적으로 줄어듭니다.]

빠른 속도로 HP가 사라진다.

미친……!

이윽고 어둠이 바닥까지 삼켜 버렸다.

어둠이 사라지고 본래의 세상이 돌아왔을 때.

지케라는 기괴하게 웃었다.

"크큭."

강력한 파괴력에 대한 만족감일까, 혹은 모두를 죽여 버린 것에 대한 희열일까.

어떤 이유로든 그는 정상이 아니었다.

아무튼 고개를 끄덕인 그가 주변을 훑었다. 처참한 상태의 지면을 바라보며 한 놈도 살아 있지 않으리라 확신했다.

꿈틀.

그런데 예상이 빗나갔다.

"흐음?"

두 곳에서 존재감을 느낀 것이다.

한 곳은 아뮤르 공작이 위치한 곳이었다.

공작은 주변에 위치한 마법사들의 도움으로 간신히 목숨을 유지한 상태였다. 그의 바로 옆에서 호위를 하던 기사 역시 마찬가지였고 정신을 차리자마자 말했다.

"고, 공작님. 도망치십시오. 제가 잠깐이라도 막겠습니다."

아뮤르 공작은 정신을 차리지 못했다.

"이럴 수가, 어찌 이럴 수가……."

"공작님……!"

"허, 허허……."

별수 없이 기사가 공작을 일으켰다.

"가야 합니다."

힘으로 그를 끌고 가기 시작했다. 그 뒤를 마법사들이 쫓았다. 상태가 좋지 않았지만 지금은 움직여야만 했다. 물론 지케라가 그 모습을 두고 보지는 않았다.

도망치는 이들을 향해 손을 뻗었다.

쉬이익.

그 순간 불어온 한 줄기 바람.

"음?"

고개를 돌리니 화살 한 대가 코앞에 도착한 상태였다.

남은 HP는 120가량.

익스체인지 스킬로 서둘러 MP를 소모하여 HP를 채운 후 조심스레 주변을 훑었다. 아뮤르 공작과 그 주변에 있던 기사, 마법사 몇 명을 제외하고는 모두 죽은 모양이었다.

"가야 합니다."

기사의 목소리가 들려왔다.

공작은?

아무래도 정신을 차리지 못하는 모양새였다.

어쩌지?

머리가 빠르게 굴러간다.

아뮤르 공작, 그가 살아야 제대로 위에 입김을 불어 넣을 수 있으리라. 저기 있는 흑마법사 지케라가 얼마나 강한지를 보증할 수 있는 위치에 있었으니까.

후우…….

그렇다면 살려야 한다. 지케라가 아뮤르 공작을 죽일 수 없도록.

그때, 놈이 손을 들었다.

안 돼!

시위에 화살을 걸고 날렸다.

윈드 스텝.

보지 않아도 놈이 화살 따위는 쉽게 막아내거나 피할 거라는 걸 알 수 있었다. 그렇기에 윈드 스텝을 사용하여 놈과의 거리를 좁혔다. 아뮤르 공작에게 신경 쓸 수 없도록 말이다. 그 노력이 빛을 발했음인가.

"호오, 너는……."

화살을 가볍게 막아낸 지케라가 무혁을 빤히 쳐다봤다.

"그때 그 녀석이군."

순간 소름이 돋았다.

지케라의 눈빛에 깃든 광기를 읽은 탓이었다.

젠장……!

피할 수도 없는 상황.

무혁은 어금니를 깨문 채 돌진했다.

풍폭, 십자베기!

놈의 지척에 도달해 검을 그었다.

콰아아앙!

실드에 막히는 걸 보면서 옆을 스치듯 지나쳤다. 곧바로 몸을 틀어 지케라에게 다시금 접근하려는데 그가 손을 들어 올린 상태였다.

쉭!

무언가 쏘아졌다.

흐읍!

숨을 들이켜며 몸을 옆으로 날렸다. 하지만 그 무언가가 처박힌 바닥이 터지면서 충격의 여파가 무혁을 휩쓸었다. 생각보다 더 강력해서 몸이 옆으로 날아가 버렸다. 당황스러움은 잠시, 지케라를 조금이라도 더 귀찮게 만들어야 한다는 생각에 허공에 떠오른 상태로 검을 활로 변형시켰다.

풍폭, 멀티샷.

쏘아진 화살들이 공간을 점유한 채 뻗어 나갔다.

지케라는 장난감을 보는 시선으로 손을 가볍게 휘저었다. 사방에서 쏟아지는 화살들이 허무하게 힘을 잃고 바닥에 떨어졌다.

그사이 착지한 무혁이 다시 돌진해 왔다. 화살 몇 대를 더 날린 후 활을 검으로 변형, 다시금 지케라의 지적에서 검을 내리그었다.

카가각!

당연하게도 실드에 막혔지만 무혁은 지케라의 주변을 돌면서 연신 공격을 이어갔다.

"크크큭, 재밌군."

이곳에 있는 대부분을 죽인 마법은 지케라, 그에게도 부담이 되는 것이었다. 한 달에 겨우 한 번밖에 사용할 수 없는 대범위 공격이었으니 당연했다.

그런 공격에서 살아남은 것도 모자라서 이렇게 날뛰다니.

잡아야겠어.

전에는 놓쳤지만 이번엔 반드시 사로잡으리라.

"정말로 재밌어."

무혁은 미간을 찌푸리며 그를 노려봤다.

"재미? 재밌다고?"

무혁이 고함을 내질렀다.

"더 재밌게 해주지!"

소환이 가능한 스켈레톤 전원을 불러냈다.

키릭, 키리릭.

곧바로 부르탄이 움직였다.

키아아아아아악!

쏘아진 기파가 실드를 꿰뚫고 지케라를 흔들었다.

기회!

메이지의 마법과 아처의 뼈 화살이 비처럼 쏟아졌다.

주변을 뒤흔드는 강력한 폭발이 내리꽂혔으나 후폭풍은 순식간에 바람에 휩쓸려 사라졌다.

안타깝게도 지케라는 큰 타격을 입지 않은 모양새였다.

괜찮아.

흥분은 했지만 머리는 차가웠다. 목적은 명확하다.

놈을 쓰러뜨리는 것이 아니라 시간을 버는 것이었으니까.

아직, 보여줄 게 많다고.

그렇다고 단지 시간만 끌 생각도 없었다.

놈의 말대로, 정말 재밌게 해줄 작정이었으니까.

적어도 한 방은 먹인다.

눈을 부릅뜬 채 스켈레톤을 지휘하기 시작했다.

　

지케라의 시선이 무혁에게 집중된 동안 아뮤르 공작은 산맥의 초입까지 내려갔다.

"공작님."

"그래……."

"이제 정신이 드십니까?"

아뮤르 공작이 고개를 끄덕였다.

기사가 안도의 한숨을 쉬었다.

"다행입니다. 어서 내려가야 합니다."

"그래, 그래야지."

무혁이 시간을 벌어주고 있었다.

다른 이들의 죽음이 등을 떠민다.

보고해야 한다. 귀족들의 힘만으로는 녀석을 잡는 게 불가능하다는 사실을 확실하게 인지시켜야 한다. 왕이, 황제가 진정한 힘을 드러내어 나서야 한다는 것을 알려줘야만 했다.

아뮤르 공작 그가 보고를 올린다면 제국의 황제도 문제의 심각함을 깨달을 것이 분명했다.

그 순간, 중턱에서 폭발이 일어났다.

콰아아앙!

너무나 강력해서 절로 시선이 돌아갔다.

"이런……."

아마 저 공격에 무혁이 죽었으리라.

"서두르자."

"예!"

조금 더 걸음을 바삐 움직였다.

같은 시각. 지케라의 공격에 적중당한 무혁이 바닥에서 꿈틀거렸다. 운이 좋은 건지, 혹은 나쁜 건지 무혁은 이번에도 즉사하지 않았다.

HP를 채워야 하나?

이미 아뮤르 공작은 충분히 거리를 벌렸을 것이다.

목적은 달성했다.

그냥 죽는 것이 나으려나.

고민하고 있는데 지케라의 목소리가 들렸다.

"호오, 역시……."

이번 공격에도 죽지 않다니.

그의 눈에 서린 탐욕이 한층 더 강해졌다.

"넌 아주 좋은 실험체가 되겠구나."

듣기 싫은 쇳소리가 고막을 때린다.

실험체?

"개소리!"

놈이 무슨 수를 쓰기 전에 자살을 해야 할 것 같았다. 검을 들어 올려 스스로를 찌르려는데 갑자기 손이 움직이지 않았다. 지케라가 홀드를 걸어버린 것이다.

"지난번과는 다를 것이야."

무혁의 눈동자가 떨렸다.

설마, 설마 아니겠지…….

지케라의 왼손이 다시금 흔들렸다.

기이한 빛이 무혁의 몸을 휘감았고 그 직후 아무것도 보이지 않는 어둠에 떨어졌다.

[HP가 0이 됩니다.]

[사망하셨습니다.]

분명 죽었건만.

"크크큭."

무혁의 시체는 사라지지 않았다.

·

캡슐에서 나온 무혁은 팔짱을 낀 채로 방을 이리저리 돌아다녔다.

누가 보더라도 얼굴에 덕지덕지 붙어 있는 '불안하다'라는 글귀를 읽을 수 있으리라.

한참이나 방을 돌아다니던 무혁이 고개를 털어냈다.

"아니겠지."

절대 그런 일이 일어나선 안 된다.

실험체라니……!

어서 24시간이 지났으면 싶었다.

확인해야 해.

만약에 시체가 사라지지 않았다면 지케라의 연구실에서 눈을 뜨게 될 것이다.

정말 그렇게 된다면?

생각만으로도 소름이 돋았지만 지금으로선 아무것도 확인할 수도 없었고, 그렇기에 해결방안 역시 생각할 수 있는 게 없었다.

빌어먹을. 정말로 잡혔다면 벗어날 길도 거의 없으리라.

그건 안 돼.

문득 한 가지 희망이 떠올랐다.

그래, 아뮤르 공작!

그는 분명히 살아서 나갔으리라.

반드시 그래야 해.

서둘러 책상 앞에 앉았다.

노트북을 열고 홈페이지에 접속해서 자유게시판에 있는 글들을 확인했다. 몇 가지 눈에 들어오는 것들이 보였다.

[제목 : 에피소드1, 실패네요.]

클릭해서 들어갔다.

[내용 : 일루전TV로 봤는데 이번 에피소드1 실패했습니다. 잘 싸우다가 마지막에 흑마법사가 등장했는데, 와. 어찌나 세던지……. 한 방에 수천 명이 녹아버리더군요. 마지막까지 무혁 님 시선으로 지켜보다가 무혁 님이 죽으면서 곧바로 글을 써봅니다.ㅎㅎ 아직 에피소드1이 안끝났고 퀘스트가 더 커질 것 같으니 준비하시면 좋을 것 같아요.]

안타깝게도 무혁이 원하는 내용은 없었다.

다른 글을 뒤졌다.

한참을 찾던 무혁의 눈이 빛났다.

[내용 : ……그래서 에피소드 준비하려고 헤밀 제국에 왔는데 아뮤르 공작? 맞나? 아무튼 그 NPC로 보이는 사람이 몇 분 전에 성내로 들어갔네요. 초췌해 보이더군요.]

짧은 글이었지만 그것만으로도 충분했다.

다행이다.

그가 확실히 살아 있고 또 성내로 진입했음을 확인했다. 어쩌면 작성자가 착각한 것일지도 모르지만 그냥 그렇게 믿기로 했다. 이제 그가 보고를 올려 황제가 본격적으로 움직인다면 무혁도 벗어날 수 있으리라.

아니, 냉정하게 생각하자. 정말 작성자가 착각을 한 것이라면? 만에 하나라도 아뮤르 공작이 죽었다면?

그래도 괜찮아.

언젠가는 지케라가 처단될 수밖에 없었다. 그래야 다음 에피소드로 넘어갈 수 있으니까. 문제는 그 시기가 언제인가 하는 것이다.

그날까지 어떤 실험을 당할지, 그 실험이 어떤 결과를 안겨 줄지 걱정이 되었다.

"하아."

다시금 고개를 강하게 털었다. 불안함은 여전했지만 그래도 흑마법사 지케라는 언제고 반드시 죽을 것이 분명했다.

그렇기에 설혹 놈에게 붙잡혔다고 하더라도, 또 실험으로 많은 것을 잃는다 하더라도 결코 절망하지 않으리라 다짐하고, 또 다짐했다.

침대에 멍하니 누워 있다가 다시 일루전 홈페이지를 돌아다
니고, 거실에서 TV를 보고, 그러다 헬스장으로 향해 운동까지
했다.

그럼에도 겨우 5시간만이 흘렀을 뿐이었다.

시간 더럽게 안 가네.

침대에 누워 예린과 톡을 주고받았다.

순식간에 시간이 흘렀다.

[오빠, 나 저녁 먹구 올게!]

[아, 벌써 시간이……]

[헤헤, 빠르지?]

[응, 아무튼 맛있게 먹어.]

[응!]

톡이 끝나니 또 지루해졌다.

마침 진동이 왔다.

드드드드.

성민우가 전화를 걸어온 것이다.

-뭐 하냐?

"멍하니 있다."

-나와라. 고기나 먹자.

"흐음, 귀찮은데."

-할 일도 없잖아.

"그렇긴 한데."

-뭘 빼고 그래. 나와.

가만히 생각해 보니 어차피 부모님은 오랜만에 데이트를 나가셨고 강지연은 친구들과 노느라 늦게 들어올 공산이 컸다. 혼자 집에서 밥을 먹는 것도 싫었고 시간도 보낼 겸 고개를 끄덕였다.

"그럴까."

-오랜만에 소고기, 콜?

"콜."

-그럼 7시 20분까지 홍대에서 보자. 먼저 도착하는 사람이 자리 잡아두고.

"어."

전화를 끊고 집을 나선 무혁은 홍대로 향했다.

적당한 곳에 주차한 후 정력안심 식당으로 들어갔다. 주변을 살펴보니 성민우가 이미 자리를 잡아놓은 상태였다.

그의 맞은편에 앉자 성민우가 고개를 들었다.

"왔냐."

"어."

다시 휴대폰을 보는 성민우.

"뭐 해?"

"썸타는 중이다, 이 형님이."

"썸?"

"그래."

모든 남성의 관심사, 여자. 썸이라는 단어에 무혁도 호기심을 드러내며 상체를 앞으로 내밀었다.

"누구랑?"

"흐흐, 궁금하냐."

"아니, 뭐. 조금."

성민우가 헤벌쭉거리며 웃었다.

그러면서 폰을 내미는데.

"어떠냐? 예쁘지?"

사진에 보이는 여자는 확실히 예뻤다.

"예쁜데? 언제 만난 거야?"

"오늘."

"오늘?"

"어."

"설마 일루전에서?"

성민우가 웃으며 고개를 끄덕였다.

"내가 조장이었잖냐."

"그랬지."

"어쩌다가 내가 그 여자를 구해줬거든. 그러니까 날 엄청 초롱초롱하게 쳐다보더니 고맙다고, 연신 인사를 하더라고."

"호오, 그래서?"

"그래서는 뭐. 괜찮다고 하니까 꼭 보답을 하고 싶다면서 연락처를 알려달라던데? 그래서 알려줬지. 그리고 죽어서 나오니까 문자가 와 있더라고. 톡 추가하고 이런저런 심도 깊은 대화를 나누는 중이지."

"그게 끝?"

"어, 이, 일단은……?"

무혁이 상체를 뒤로 물렸다.

"뭐냐, 그게. 그냥 구해줘서 고맙단 거잖아."

"아니지, 이 멍청아!"

"아니긴 무슨."

"하우, 답답해라. 그 여자가 날 초롱초롱하게 봤다니까!"

"투구 써서 얼굴도 안 보였을 텐데 초롱하기는 무슨."

"구해주고 나서는 투구 벗었어!"

"아, 그랬냐."

"그리고 지금 톡하고 있는데 분위기 장난 아니라니까!"

"어이구, 그러셨어요."

"하, 내가 말을 말아야지. 두고 보라고. 꼭 잘돼서 내가 떡하니 소개시켜 줄 테니까."

"제발 그랬으면 좋겠다."

이미 성민우는 자기만의 상상 속에 들어간 모양이었다. 무혁이 뭐라고 해도 들리지 않는지 헤죽거리며 웃을 뿐이었다.

"흐흐흐, 그럼 커플 데이트도 좀 가고."

"커플 데이트는 무슨."

"바다나 수영장에 가서……"

"쯔쯧."

혀를 차고 있는데 마침 아르바이트생이 다가와 접시 하나를 놓고 떠났다. 그 위에 소고기가 부위별로 어여쁘게 놓여 있었다.

"오오, 마블링 좋고."

"먹어볼까."

무혁은 젓가락으로 소고기 한 점을 불판 위에 올렸다.

치이익!

익어가는 소리를 들으며 핏물이 올라오는 순간 한 번 뒤집었다. 다시 핏기가 올라올 때 곧바로 소금에 살짝 찍어 입에 넣었다.

"크, 녹는다."

"완전 맛있지?"

"어, 죽인다."

고소한 풍미가 입안을 맴돌았다.

여기에 소주 한 잔까지.

"좋구만!"

일루전으로 인한 스트레스가 단번에 날아가는 기분이었다.

같은 시각. 일루전 속 무혁의 캐릭터는 쇠사슬에 묶인 채로 어두컴컴한 연구소, 딱딱한 돌침대에 눕혀진 상태였다.

혹마법사 지케라는 그 옆에서 몇 가지 물약과 물품들을 만지작거렸다. 그러다 투명한 유리병을 흔들더니 만족스레 웃으며 또 다른 물품들을 만졌다.

꽤 시간이 흐르고 세 가지의 미확인 물품을 만들어낸 지케라가 돌침대로 향했다.

"부디 오래 견뎌주기를 바라마."

얼마 전에도 이방인을 실험체로 사용했던 적이 있었다.

처음에는 실패했었다.

이방인의 경우 죽어버리면 신체가 사라졌기에 잡을 수 없었던 것이다. 어떻게 해야 신체를 붙잡아둘 수 있을지 고민했고 덕분에 방법을 알아냈다.

순수한 어둠의 힘을 사용하면 이방인이 사라지는 걸 막을 수 있었던 것이다.

이후 지케라는 이방인 다수를 생포해 실험을 이어갔다. 그러나 신의 가호를 받고 있는 이방인을 다루는 것은 생각보다 까다로웠다.

첫째, 의식이 없을 경우에는 약품이 효력이 현저하게 떨어져서 그 정확한 효용을 알아내기가 힘들었다.

둘째, 의식이 있을 때만 실험을 지속한다고 하더라도 이방인의 경우에는 고통을 느끼지 못해서 그에 관한 연구는 다른 생명체로 대신해야 했다.

셋째, 이방인의 정신력이 생각보다 약했다.

조그마한 실험에도 이방인들은 울부짖으며 괴성을 지르곤

했었다.

나름 재밌었지만. 크큭.

넷째, 어느 순간부터 이방인이 의식을 차리지 못했다.

그런 단점이 있음에도 불구하고 다시금 이방인을 생포한 것은 지금 돌침대에 누워 있는 이방인이라면 실험 결과가 지금까지와는 다를 거라는 본능적인 직감이 든 까닭이었다.

지난번 처음 만났을 때, 연구실에 홀로 들어와 자신이 만든 키메라를 죽였다는 점과 직접 마주한 순간 망설임 없이 자살을 시도할 정도로 상황을 객관적으로 파악한 침착성에 큰 점수를 줬다.

이번 두 번째 만남에서는 죽어야 할 공격에도 끈질기게 버텨내면서 다시금 일어서는 모습에 눈길이 갔다.

이 녀석이라면……

꽤나 괜찮은 성과가 나타날지도 모른다고 생각한 것이다.

그래서 실험체로 택했다. 그러니 기다려질 수밖에.

"크큭."

어서 의식이 돌아오기를. 지케라는 기다리며 또 다른 미확인 물품들을 제조해 나갔다.

다음 날. 눈을 뜬 무혁은 지끈거리는 머리를 부여잡으며 방을 나섰다.

"일어났어?"

"으응."

"머리 아프지? 어제 왜 그렇게 술을 많이 마신 거니?"

"오랜만에 민우랑 놀다 보니까."

"어휴, 해장국 끓였으니까 어서 먹어."

무혁이 웃으며 식탁 앞에 앉았다.

"자, 한 그릇은 다 비워야 한다."

"응."

어머니가 끓여주신 시원한 콩나물국을 마시니 속이 풀리는 기분이었다.

"어때?"

"엄청 시원해."

순식간에 한 그릇을 비워 버렸다.

"조금만 더 줘."

"밥은?"

"어, 밥은 별로."

어머니가 한숨을 쉬며 고개를 저었다. 그러면서도 국을 떠주는 모습에 무혁은 괜히 미안한 마음이 들었다.

"다음부턴 적당히 마실게."

"그래, 너무 마시지 마. 속 버린다, 네 아빠처럼."

"응."

두 그릇을 깔끔하게 비워낸 무혁은 헬스장으로 향해 운동에 집중했다. 어제 술을 마셨기에 무리하지 않는 선에서 적당하게만 땀을 흘렸다. 샤워를 마치고 집으로 돌아왔지만 여전히 페널티 시간이 남은 터라 이것저것을 살폈다.

일루전TV나 보자.

일루전TV에 접속한 무혁은 자신에게 온 쿠폰을 확인했다.

"우와……."

자기도 모르게 감탄사가 나왔다.

이번 달에 받은 쿠폰이 총 57,400개. 574만 원이었다.

85프로. 무혁의 통장에 입금될 금액이 대략 500만 원이라는 소리였다. 순위도 아직 높고.

게다가 화면이 어두움에도 불구하고 아직도 무혁의 방에서 나가지 않고 있는 시청자가 대략 2만 명이었다.

채팅도 꽤 활발한 편이었다.

무슨 얘기를 하는 거야?

호기심에 가만히 주시했다.

-카운트다운 : 55분 27초

-오, 얼마 안 남았군요. 드라마 한 편 보고 오면 딱일 듯

-드라마? 요즘도 드라마 해요?

-하긴 합니다.ㅋㅋ 축소는 많이 되었지만…….

-재밌는 거 있나요.

-요즘 최고는 단연 허깨비죠.

-아, 허깨비!

-네, 꼭 보세요. 재밌어요ㅋㅋ

-그럼 저도 오랜만에 드라마나 좀 보러 가 볼게요.

-죽은 시장, 조금이라도 살려야죠. 저 드라마, 영화, 애니메이션 엄청 좋아하는데 일루전 나오고 너무 축소되서 슬펐거든요. 그러니까 다들 허깨비 좀 보고 옵시다. 그러면 무혁 님 딱 접속하실 듯. 1석 2조 아님?

-뭐, 괜찮네요ㅋㅋ

-전 산책이나……

-저는 걍 기다리렵니다.ㅋㅋㅋ 채팅이 재밌어서ㅋㅋㅋ

-ㅇㅈ

무혁이 피식하고 웃었다.

무슨 이런 채팅을……. 그보다 드라마라.

무혁도 조금 관심이 갔지만 이내 고개를 저으며 다시 채팅을 바라봤다. 쓸데없는 글들의 향연이었지만 시간을 때우기에는 참으로 좋았다.

-남은 시간 : 1분 30초

-오오……!

-이제 금방이다!

-어서 접속해라, 어서!

그제야 무혁도 정신을 차렸다.

아, 벌써!

서둘러 캡슐로 향해 몸을 눕혔다.

"후우."

심장이 고동친다.

두근, 두근.

페널티 시간이 끝나는 순간 곧바로 접속을 시도했다.

[새로운 세상에 오신 것을 환영합니다.]

어둠이 앞을 가리고.

파앗.

갑작스러운 빛에 시야가 완벽하게 돌아오기도 전.

"크큭."

지케라의 거친 쇳소리가 고막을 때렸다.

아직 보이진 않았지만 분명하게 깨달았다.

지케라다. 결국 그에게 잡혔다는 사실을 인지했다.

아니, 착각일지도.

직후 시야가 돌아왔고 자신을 내려다보고 있는 지케라의 얼굴을 보며 결코 착각이 아님을 인정해야만 했다.

로브에 가려 정확하진 않았지만 피부 곳곳의 살점이 뜯어진 상태였고 고름까지 달고 있어서 보는 것만으로도 역겨울 정도였다. 그런 지케라가 씨익 하고 미소를 짓고 있으니 절로 소름이 돋았다.

"왔군."

"……."

여기서 무어라 말을 해야 할까.

살려 달라? 풀어 달라?

스켈레톤을 소환해서 갑자기 공격을 시도한다면?

냉정하게 머리를 굴렸다.

정신 차리자.

그 어느 것도 통하지 않으리라.

지금은 지케라가 무엇을 할지부터 정확히 파악하는 게 우선이었다.

"잘 견디기를 바라마."

그 말과 함께 지케라가 어떤 병을 들었다.

"홀드."

마법까지 사용해서는 그것을 무혁에게 강제로 먹였다.

꿀꺽.

목구멍을 타고 넘어가는 뜨거운 느낌.

동시에 메시지가 떠올랐다.

[알 수 없는 무언가를 먹었습니다.]

[신체가 파괴될 정도의 지독한 독기가 전신으로 퍼집니다.]

[1시간 동안 신체 능력이 1퍼센트 하락합니다.]

[3시간 동안 이동속도가 10퍼센트 하락합니다.]

[3시간 동안 공격 속도가 10퍼센트 하락합니다.]

[HP가 지속적으로 줄어듭니다.]

고통은 없었다.

하지만 떠오르는 메시지는 무혁을 혼란스럽게 만들기에 충분했다.

"도대체 뭘 먹인 거지?"

"클클, 드디어 말을 하는구만."

"대답이나 하지?"

"나도 잘 모르지, 뭘 먹었는지는. 이제부터 알아봐야지."

지케라는 무혁을 정말 실험체로 대했다. 피를 뽑고 살점을 뜯어내는 등, 갖가지 방법으로 변화를 측정했다.

"흐음, 약간의 독기와 신체 능력의 저하라……."

마음에 들지 않는 듯 약물을 옆으로 던졌다.

"실패군."

곧바로 앞선 것과 동일한 방법으로 무혁의 신체를 점검했다. 덕분에 상태가 본래대로 돌아왔음을 알 수 있었다.

"클클, 이래서 이방인이 좋다니까."

회복 속도가 어마어마하게 빨랐으니까.

서둘러 두 번째 물약을 먹이는 그였다.

젠장……!

욕이 절로 나왔지만 할 수 있는 게 없었다. 그렇기에 주변 공간이라도 제대로 파악할 생각으로 눈알만 이리저리 굴렸다. 언제고 기회가 왔을 때 그 기회를 놓치지 않기 위해서였다. 하지만 그것도 잠시였다.

[알 수 없는 무언가를 먹었습니다.]
[내부 장기가 폭발합니다.]

속에서 충격이 올라온 것이다.
"이, 미친 새끼……."
덕분에 HP가 바닥까지 떨어졌고.

[사망하셨습니다.]

허무하게 목숨을 잃고 말았다.

그 모습을 실시간으로 보고 있던 일루전TV의 시청자들은
경악을 금치 못했다.

-저, 저거 어쩜……?
-답이 없어 보이는데요
-와, 진짜 황당하다.
-아니, 근데 죽었는데 어떻게 저기에서 깨어난 거죠?
-위에 계신 분, 설명해 드리죠. 기사들이 유저 죽이고 바로 포박하면
그 유저 시체 안 사라집니다. 그리고 깨어나면 감옥이죠. 그거랑 뭐 비
슷한 걸로 보입니다.
-아, 감사요.
-별말씀을.

-허어…….

-무혁 님 운도 지지리 없으시네…….

대부분이 무혁을 안타까워했다.

물론 일부는 그저 즐거워할 뿐이었지만.

-ㅋㅋㅋㅋㅋㅋㅋㅋㅋㅋㅋㅋㅋ

-뭐가 그렇게 우습나요?

-ㅋㅋㅋ, 솔직히 무혁, 저 사람 지금까지 운이 너무 좋았다고 생각하지 않음? 들어보니까 던전도 꽤 많이 발견한 거 같고 아이템도 좋던데ㅋㅋ 게다가 귀족하고도 가까워 보였고. 그 행운이 지금 불운으로 다가왔을 뿐.ㅋㅋㅋ

-인성하고는.

-ㅇㅇ, 내 인성 안 좋은 거 인정. 그래서 어쩔?

-후, 노답이네. 상대 안 함.

-하지 마ㅋㅋㅋ

일부 개념 없는 시청자로 인해 대부분이 미간을 찌푸렸다.

-하, 안 그래도 계속 기다리다가 너무 허무하게 죽어서 짜증 나던 참인데, 별 거지같은 게 와서는 심란하게 만드네.

-그러게요. 24시간 페널티 기다리는 게 얼마나 지겨운데…….

-후, 일단 전 다른 랭커님 방에서 시간 좀 보내다가 올게요. 수고하

세요.

　-저도······.

　-보니까 다음에도 또 죽을 거 같은데······.

　-전 기다렸다가 다음에도 죽으면 나가야겠네요ㅠㅠ

　-쩝, 제가 볼 때는 답 없어요.

　-하, 진심으로 안타깝네요.

　-그래도 별수 없죠. 무혁 님 잘 헤쳐 나가기를······. 아무튼, 저는 가 봅니다.

　-수고하세요.

　순식간에 시청자 수가 줄어들었다. 3천 명까지 떨어진 것이 다. 그래도 페널티 시간이 모두 지났을 즈음에는 다시 1만 5천 명까지 차올랐다.

　-다시 많아졌네요.ㅎㅎ

　-죽는 거 보러 왔음ㅋㅋㅋㅋㅋㅋ

　-ㅁㅊ놈······.

　-내 맘.ㅋㅋㅋㅋㅋ

　그즈음, 정신을 차린 무혁이 일루전TV의 상황을 보기 위해 접속했고 악담을 일삼고 있는 몇 명을 발견했다.

　"하아."

　안 그래도 심란한데 이런 말까지 들어야 하는가.

아니, 전혀 그럴 이유가 없었다.

무혁은 곧바로 해당되는 이들을 모두 차단시켰다.

-'죽어라'님의 IP가 영구 차단되었습니다.

-'내가최고다'님의 IP가 영구 차단되었습니다.

-'어쩔건데'님의 IP가 영구 차단되었습니다.

-'ㅋㅋㅋㅋ'님의 IP가 영구 차단되었습니다.

그제야 채팅방이 평화로워졌다.

그럼 다시 접속해 볼까.

순간 굳이 접속해야 하는가 싶은 마음이 들기도 했다. 그냥 지켜라가 죽을 때까지 기다렸다가 접속하면 쉬운 일이었으니까.

하지만……. 도저히 참을 수가 없었다.

실험체라니.

보아하니 지금은 의식이 있을 때만 실험을 이어가는 것 같았다.

하지만 게임에 계속해서 접속을 하지 않을 경우에는 의식이 없어도 실험을 이어가리라. 그렇게 악영향이 조금씩 쌓이게 되면 어떤 일이 벌어질지 사실 알 수가 없었다.

그 불안감 속에서 접속하지 않고 견디는 건 무혁으로서는 참으로 어려운 일이었다.

그 정도로 열심히, 그리고 애틋하게 키워온 캐릭터였으니까.

차라리 두 눈으로 직접 보는 게 나았다.

그래, 접속하자.

굳은 표정으로 캡슐에 누웠다.

[새로운 세상에 오신 것을 환영합니다.]

기계음과 함께 시야가 돌아왔고.

"왔구나."

곧바로 지케라를 발견할 수 있었다.

"크큭, 전에는 너무 허무했지."

"……."

무혁은 대답하지 않았다.

지케라 역시 대화는 중요하지 않았기에 곧바로 실험을 이어
갔다. 오늘은 공격력과 방어력, HP와 MP를 대폭 하락시키는
것과 신체가 얼어붙는 물약을 마시고 죽어버렸다.

이미 한 번 경험했었고 또 예상했기에 전처럼 충격이 크지
는 않았다.

치이익!

캡슐에서 나와 일루전의 동태를 살폈다.

아직도 준비가 안 된 건가?

성민우와 예린에게 상황을 물어봤지만 그들도 모른다는 대
답이었다.

"하아……."

그렇게 시간이 흘러 다음 날.

드디어 기다리던 글이 올라왔다.

[제목 : 에피소드1, 퀘스트 받음!]

[내용 : 지금 에피소드1 대규모 퀘스트 나왔네요. 전 헤밀 제국에서 일단 받기는 했는데 아마 다른 제국이랑 왕국에서도 받을 수 있을 거임.]

-카라토 : ㅇㅇ, 저도 받음. 기대 중임ㅎㅎ

└애플 : 전에는 발렸는데, 이번엔 어찌 되려나요.

└카라토 : 이번엔 최상위 랭커 대거 참여한 거 같네요. 제국 왕국 에서도 진짜 제대로 실력 보일 거 같다고 하고…….

└애플 : 어디서 그런 정보를…….

└카라토 : ㅎㅎ, 비밀요.

무혁은 서둘러 성민우와 예린에게 문자를 보냈다.

마침 잠에서 깬 성민우가 서둘러 일루전에 접속했다.

직접 아뮤르 공작을 만나 몇 가지를 알아본 후 무혁에게 전화를 걸어왔다.

-기다렸냐.

"응, 어때?"

-내가 아뮤르 공작한테 직접 가서 겨우겨우 이야기 조금 들었거든. 왕국이랑 제국에서 숨겨진 힘을 불러낸다더라고. 근데 전부 모여야 하니까 시간이 좀 걸릴 거 같다던데.

"으음……."

-대충 5일 뒤로 출정이 잡혀 있더라고.

"5일 뒤?"

-어, 그리고 전투하는 기간까지 잡으면…….

최소 10일. 넉넉하게 잡으면 한 달.

그 시간 동안 계속해서 실험체로 지내야 하는 것이다.

"후우."

절로 한숨이 나왔다.

서둘러주면 좋겠는데.

"아무튼, 고맙다."

-힘내라.

통화를 종료하고 예린이 보낸 톡을 확인했다.

성민우와 비슷한 말이었다.

[고마워.]

[ㅠㅠ, 오빠. 조금만 기운 내구. 그리고 내일은 내가 서울로 놀러 갈게!]

[그래.ㅎㅎ]

톡을 종료한 후 시간을 확인했다. 다시 접속할 때였다. 캡슐
에 누워 일루전에 들어가니 어떻게 알았는지 옆에서 연구를
하던 지케라가 몸을 일으키며 다가왔다.

"왔군."

그가 크큭거리며 웃었다.

"오늘은 좀 재밌을 거다."

재미있다고?

갑작스러운 말에 문득 불안해졌지만 애써 털어냈다.

그래봐야 게임이었으니까.

곧이어 지케라가 보랏빛을 뿜어대는 액체를 무혁의 입에 흘려 넣었다.

[어둠으로 강해지는 물약을 마셨습니다.]

[힘이 영구적으로 5 하락합니다.]

[체력이 영구적으로 5 하락합니다.]

순간 떠오른 메시지에 무혁의 동공이 거칠게 흔들렸다.

"이, 이게 무슨……!"

"크크큭. 어떠냐. 재밌을 거라고 했지? 네 녀석이 오기 전에 미리 실험을 마친 물약인데 말이다. 힘과 체력을 영구적으로 떨어뜨리는 효용이 있지."

"으, 으아아아아악!"

무혁이 악다구니를 썼다.

"이 개새끼가!"

"입이 험하군."

지케라가 다시금 무혁을 홀드로 고정시켰다.

"그 벌이다."

그리곤 또다시 같은 물약을 먹였다.

[어둠으로 강해지는 물약을 마셨습니다.]
[중복되어 효력이 반감됩니다.]
[힘이 영구적으로 2.5 하락합니다.]
[체력이 영구적으로 2.5 하락합니다.]

또다시 힘과 체력이 줄었다.

멘탈이 붕괴될 지경이었다.

어떻게, 내가 어떻게 올린 스탯인데……!

무혁의 표정이 일그러지면 일그러질수록 지케라의 미소는 더욱 진해졌다. 신이 나서 어쩔 줄 모르는 표정이었다.

개자식……!

홀드가 걸려 아무것도 할 수 없었기에 그저 눈만 부릅뜬 채 지케라를 노려보는 무혁이었다.

"그렇게 보면 안 되지."

"……!"

또다시 같은 물약이었다.

[어둠으로 강해지는 물약을 마셨습니다.]
[중복되어 효력이 반감됩니다.]
[힘이 영구적으로 1 하락합니다.]
[체력이 영구적으로 1 하락합니다.]

지케라가 연신 웃어댔다.

무혁은 아무런 말도, 행동도 할 수 없었다.

홀드 마법으로 인해 굳어버린 상태였으니까.

다만, 속에서 끝도 없이 튀어나오는 분노만큼은 조금도 억누르지 않았다. 활화산처럼 붙어버린 분노에 기름까지 부어버리고 싶은 심정이었으니까.

또다시 물약을 먹인다.

[어둠으로 강해지는 물약을 마셨습니다.]
[중복되어 효력이 반감됩니다.]
[힘이 영구적으로 0.5 하락합니다.]
[체력이 영구적으로 0.5 하락합니다.]

다시 한번.

"으흠?"

이번에는 효력이 없었다. 무혁 역시 안도하는 표정이었는데 그 표정을 본 지케라가 혀를 찼다.

"딱 보니 네 번이 끝이군."

대수롭지 않게 말하는 그를 보는 순간 다시 분노가 치밀었다.

반드시, 내가 반드시 죽인다……!

지케라는 지금까지 먹이던 물약을 옆에 내려놓은 후 새로운 물약을 꺼내어 먹였다. 이번에는 스탯이 하락하진 않았지만 전신이 불에 타버리고 말았다.

[사망하셨습니다.]

캡슐의 문이 열리고 몸을 일으킨 무혁이 자리에 섰다.

하락한 스탯은 힘과 체력이 각 9개. 무려 18개였다.

그것도 영구적으로.

소환수에게 30퍼센트의 영향을 주니 개체당 5.4개의 하락이 이뤄진 것과 동일했다. 전체적인 전투력이 상당히 하락했다고 볼 수 있었다.

지케라……!

절로 손에 힘이 들어갔다.

꽈아악.

얼마나 주먹을 강하게 쥐었는지 온 몸이 부르르 떨릴 정도였다. 노력으로 쌓아올린 스탯의 일부가 사라진 탓에 정신적으로 많이 지쳐 버린 무혁이었다. 고민을 거듭하던 그는 일루전TV에 접속해서 공지를 올렸다.

[제목 : 죄송합니다. 현재 심신이 지친 관계로 한동안 방송을 중단…….]

댓글이 순식간에 달렸다.

-ㅠㅠ, 괜찮으세요? 언제부터 다시 방송하시나요.

-어서 돌아오세요!

-파이팅!

-부디 상황이 잘 해결되길 바랍니다.

-보면서도 사실 답답하긴 했어요. 차라리 이렇게 공지하고 한동안 방송은 잊고 지내세요. 그리고 풀려나면 다시 방송해 주시길 바랍니다.

-힘내세요!

물론 무혁은 댓글을 볼 힘도 없었다.

"후우."

페널티 시간이 끝나면 다시 접속을 해야 한다.

또 스탯이 떨어지면…….

생각만으로도 짜증이 솟구쳤다.

도대체 뭐라고 설명해야 할까.

힘겹게 쌓아 올린 인생의 중요한 무언가를 허무하게 잃어버린 기분이랄까. 어쩌면 다시는 복구할 수도 없고. 보다 더 많이 잃어버릴지도 모른다는 불안감 또한 공존했다.

제발…….

제국과 왕국, 그리고 퀘스트를 받은 유저들이 지케라를 쓰러뜨려 주기를. 그때까지 기다리는 것밖에는 할 수 있는 일이 없었다.

드드드.

그때 휴대폰이 울렸다.

예린이었다.

-오빠, 집이야?

"응."

-나, 서울 올라가려구.

"나 보러?"

-응.

고민하던 무혁이 고개를 끄덕였다.

"그래, 보자."

-목소리에 힘이 너무 없네. 내가 가서 재밌게 해줄게.

예린의 말에 애써 웃었다.

"고맙다."

-응, 도착하기 30분 전에 전화할게!

통화를 종료한 무혁이 침대에 누웠다.

긴 침묵의 시간이 흐르고 다시 상체를 일으킨다.

그래, 일루전은 무혁에게는 의미가 남다르다. 하지만 그렇다고 하더라도 가족들, 사랑하는 사람, 소중한 친구보다 중요한 건 아니었다.

견디면 돼.

스탯이 꽤 많이 떨어질지도 모른다.

그래도 괜찮아.

충분히 복구할 자신이 있었다. 물론 떨어진 스탯을 생각하면 속이 비틀리고 분노가 치밀어 오르지만 무혁의 스탯은 동레벨에 비한다면 여전히 압도적인 수준이었다.

"무조건 버틴다."

그리고 기회만 온다면 반드시 지케라를 두 손으로 직접 없
애 버리리라.

○

예린은 정말 무혁을 위해 애썼다. 평소보다 훨씬 더 애교를
떨었고 또 귀여운 짓도 많이 했다.

"헤헤, 재밌지?"

"응, 재밌어."

무혁의 입가로 미소가 그려진 상태였다.

그것도 아주 자연스럽게.

"이제야 좀 오빠 같네."

예린이 무혁의 팔짱을 꼈다.

"그렇게 힘들어?"

"음, 조금."

"조금이 아닌 거 같은데."

얘기를 해줘야 할까.

고민은 짧았다.

뭐, 굳이 숨길 건 아니었으니까.

"사실 실험체로 사용되는 중이거든."

"시, 실험체?"

"어, 스탯도 영구적으로 떨어졌고."

"아, 그래서……."

지금까지 무혁의 기운 없던 모습들이 전부 이해가 되는 예린이었다.

"아무튼 덕분에 기운이 좀 났어."

"정말……?"

"그럼."

"다행이다."

그날은 예린과 함께 즐거운 시간을 보냈다.

　다음 날. 해가 떨어지기 전에 예린을 돌려보낸 후 집으로 돌아와 일루전에 접속했다.

[새로운 세상에 오신 것을 환영합니다.]

　지케라는 비릿하게 웃으며 검은 물약을 무혁에게 먹였다.

"이건 더 재밌는 물약이지. 크큭."

"……."

과연 더 놀랄 일이 있을까.

무혁은 감정을 억눌렀다.

[어둠으로 빨라지는 물약을 마셨습니다.]

[이동속도가 영구적으로 5퍼센트 하락합니다.]

[공격 속도가 영구적으로 5퍼센트 하락합니다.]

이번에는 이동속도와 공격 속도의 하락이었다.

차라리 이게 나아.

스탯의 감소보다는 훨씬 괜찮았다.

"크크큭. 어떠냐."

지케라는 아주 흡족한 표정이었다.

그러나 무혁은 반응이 없었다.

"부족하면 더 먹여주마. 크큭."

다시금 물약이 목구멍을 타고 흘러들었다.

[어둠으로 빨라지는 물약을 마셨습니다.]

[중복되어 효력이 반감됩니다.]

[이동속도가 영구적으로 2.5퍼센트 하락합니다.]

[공격 속도가 영구적으로 2.5퍼센트 하락합니다.]

이 물약은 3번만 적용이 되었다.

각 8.75퍼센트가 영구적으로 줄어든 것이다.

"이걸로 끝나면 섭섭하겠지?"

지케라의 실험은 계속되었다.

"이건 아직 효과를 모르는 물약이다."

왠지 지금까지의 것보다 더 진해 보였지만 이내 잡념을 지워 버렸다. 어차피 할 수 있는 일이 없기에 분노의 검을 예리하게 가는 것에만 집중했다.

"그러니 제대로 실험을 해야겠지."

지케라는 무혁의 현재 신체 상태를 체크했다.

"좋군, 아주 좋아."

그리고 새로운 물약을 먹였다.

[어둠으로 폭발하는 물약을 마셨습니다.]
[모든 능력치가 영구적으로 3퍼센트 하락합니다.]

무혁의 눈꺼풀이 바르르 떨렸다.

"호오, 반응이 좋구나."

지케라는 서둘러 무혁의 상태를 체크했다. 정작 해당 물약을 만든 지케라 본인도 놀랐는지 눈이 조금 커졌다.

"엄청나군."

오랜만에 만든 대작이었다.

모든 능력치 3퍼센트 감소. 무혁의 경우 100이 넘는 힘과 체력은 3이 넘게 줄어들었고 100에 가까운 민첩 역시 3에 가까운 수치로 줄어들었다. 지식과 지혜도 상당히 줄어들었으며 공격력과 방어력, HP와 MP, 이동속도와 공격 속도, 거기에 반응 속도까지.

정말 단 하나의 능력치도 남김없이 전부 3퍼센트만큼 하락했다. 무혁에게는 그야말로 최악의 것이었다.

"한 번 더."

또다시 목구멍을 타고 흐르는 액체.

젠장, 빌어먹을!

그런데 의외의 메시지가 떠올랐다.

[중복 적용되지 않습니다.]

정말로 다행이었다.

"흐음, 아쉽구나."

정말 놈의 안면에 주먹이라도 한 대 먹여 버리고 싶은 심정이었다.

"참, 이 얘기를 안했군. 알아보니 이방인은 의식을 차리는 것도 자의로 할 수 있다던데? 이틀이 넘도록 의식을 차리지 않는다면 난 네 신체에 평생을 지내며 개발한 모든 부정적인 것을 들이부을 것이다. 그러니 꼭 의식을 차리도록 해라. 크크큭."

곧바로 새로운 물약이 목구멍을 타고 흘러들었다. 통증은 없었지만 전신이 부들거리며 떨리는 건 느낄 수 있었다.

[강력한 전류가 느껴집니다.]
[HP가 지속적으로 줄어듭니다.]
[2초간 경직 상태에 빠집니다.]

그러면 지케라는 무혁의 신체를 점검했다.

"전격이라. 경직 효과도 있겠군."

정말 착실한 실험체가 된 것 같아 기분이 더욱 더러웠다.

"이번에는 이걸로 하지, 크큭."

"……"

그렇게 몇 번 더 실험을 당하고서야.

[HP가 0이 되었습니다.]
[사망하셨습니다.]

일루전에서 빠져나올 수 있었다.

캡슐에서 나온 무혁은 더 이상 고함을 지른다거나, 분노에 몸을 떨지 않았다. 그저 때가 다가오기를 기다릴 뿐이었다.

가슴 깊은 곳, 비수를 숨겨둔 채로.

헤밀 제국의 황제.

그는 아뮤르 공작의 보고를 듣고 아껴두고 있던 진정한 힘을 꺼내 들었다.

오직 황제의 혈족만을 지킨다는 골드 기사단과 헤밀 제국 최강의 마법사 부대가 토벌대에 참여했다.

"반드시 물리치고 오도록."

"명을 받듭니다!"

다른 왕국과 제국 역시 숨겨둔 힘의 일부를 꺼냈다.

그 소식이 포르마 대륙에 퍼졌고.

"이 정도면 무조건 클리어하겠는데?"

"위치 파악은?"

"뭐 확실하진 않아도 파악 정도야 해뒀겠지."

"그럼 참가하자고, 우리도."

시간이 맞지 않아 참가하지 못했던 최상위 랭커들.

에피소드1이라는 거대한 퀘스트가 너무 쉽게 진행된다는 것에 의문을 품고 있던 실력자들이 하나둘씩 모습을 드러냈다. 그들의 등장에 눈치를 보던 중 상위 랭커들이 한 손을 거들기로 했다.

"이번엔 레벨 제한도 있다지?"

"어, 140이더라."

게다가 이번에는 140레벨 아래로는 참가조차 하지 못했다.

"제대로네."

"호오."

진짜 실력자만 모인 것이다.

그럼에도 참가한 자의 수가 상당했다.

NPC를 제외하고도.

"2만 명?"

레벨 140대의 유저가 17,000명.

레벨 150대의 유저가 무려 3,000명이었다.

"끝났네."

이들이 출정한다면?

무조건 이긴다.

대부분의 유저 생각이었다.

"내일인가."

"어, 내일 오후라더라."

"기대되는데?"

그리고 출정하는 당일. 성민우로부터 전화가 왔다.

-아직 잡혀 있지?

"어."

-혹시 위치는 모르고?

"갇혀 있어서."

-흐음.

"왜?"

-NPC들이 거점으로 추정되는 곳이라면서 유저들을 나눠서 보내더라고. 근데 추정되는 곳에서는 아무것도 발견을 못해서.

무혁의 미간이 찌푸려졌다.

"아무것도?"

-응, 그래서 혹시 아는 게 있나 싶어서 전화한 거야.

무혁도 마지막 연구소를 제외하면 위치를 모르기에 알려줄 게 없었다.

"하아, 나도 모르겠다."

-쩝, 별수 없지. 아무튼 좀만 더 기다려.

"그래, 혹시라도 뭐 알게 되면 문자 보내놓을게."

-오케이!

통화를 종료하고 게임에 접속했다.

[새로운 세상에 오신 것을 환영합니다.]

순간 무혁의 눈이 반짝거렸다.

없다.

지케라가 보이지 않는 것이었다.

눈을 감고 집중했다.

기척도 느껴지지 않았다.

기회인가? 아니면 함정?

뭐가 되더라도 일단 시도는 해봐야 했다. 고민은 저 멀리 집
어던지고 아머나이트1과 2를 소환했다. 아머나이트1이 검을
앞으로 내뻗었고 아머나이트2는 눕혀진 무혁을 일으켰다. 몸
을 돌린 무혁이 고개를 돌려 아머나이트1의 검을 확인하면서
위치를 잡았다.

아머나이트1, 검을 내리그어!

휘둘러진 검이 무혁의 양손을 결박하고 있던 쇠사슬을 가
격했다.

캉! 카가각!

쇠사슬은 쉽게 풀리지 않았다.

좀 더!

몇 번을 더 휘두르고서야 손목을 채우고 있던 쇠사슬이 끊

어졌다. 무혁은 곧바로 검을 꺼내어 다리를 묶고 있던 쇠사슬을 내려쳤다.

그 순간 한 줄기 바람이 느껴졌고 무혁은 동작을 멈추고야 말았다.

"큭, 크크큭."

흑마법사 지케라가 나타난 탓이었다.

빌어먹을.

그는 재밌다는 듯 무혁을 쳐다봤다.

"아쉽겠구나."

"……."

속이 썩어가는 기분이었다.

성공 직전에서 들켜 버렸으니 당연했다.

"홀드."

지케라는 마법을 걸었고 다시금 무혁의 손을 쇠사슬로 묶어버렸다. 다만 돌침대와 연결된 건 아니었다. 하지만 돌침대와 연결되어 있던 것보다 더 굵직한 놈이었기에 기회가 오더라도 상당한 시간을 소모해야 끊어낼 수 있을 것 같았다.

곧이어 스켈레톤까지 부서뜨린 지케라는 갑자기 주변에서 물건을 몇 가지 챙기기 시작했다. 그러곤 무혁을 향해 손을 뻗었다. 쇠사슬에 묶인 채로 허공에 떠올랐고 그 상태로 지케라와 함께 날아갔다.

장소를 옮기는 건가?

이유야 말하지 않아도 뻔했다.

"놈들이 움직였더군."

무혁의 예상대로였다. 탐사대 때문이리라.

그렇다면 과연 어디로 이동하는 것인가. 그 위치를 파악해서 성민우에게 알려준다면 보다 더 빠른 시간에 지케라를 처리할 수 있으리라.

"크큭, 뭔가를 기대하는 모양인데."

"……."

"그 기대를 이뤄주마."

순간 지케라가 속도를 높였다.

후우웅.

순식간에 밖으로 나왔고 그에 무혁은 눈알을 굴려 주변을 훑었다. 보이는 건 나무가 대부분이었기에 아직은 어디인지 알 수가 없었다. 곧이어 숲을 벗어나 초원을 달리기 시작하면서 몬스터 검은 표범을 발견했다.

함마 왕국? 검은 표범이 나타나는 건 함마 왕국이 유일했다. 분명 그 주변이었다.

이 근처에 거점을?

지케라는 이후로도 한참을 이동했다.

멀리 마을 하나가 보일 즈음에야 나아가는 것을 멈췄다.

"저기가 미스토 마을이다."

함마 왕국 미스토 마을. 무혁도 이곳을 알고 있었다.

"파멸의 시작으로는 아주 적당한 곳이지. 크큭."

그제야 놈의 의도가 무엇인지 알 수 있었다.

미스토 마을의 파괴.

동시에 기억의 한 조각이 떠올랐다.

아……!

많은 것이 달라진 에피소드 1이었지만 그래도 분명 동일한 부분이 존재하고 있었던 것이다. 과거의 삶에서도 흑마법사 지케라가 처음으로 파괴한 마을이 바로 이곳, 미스토 마을이었기에 알아차릴 수 있었다. 놈의 다음 목적지를 말이다.

됐어, 이제 죽어서 알려주기만 하면 돼!

다만 놈이 언제 무혁에게 실험을 할지 그게 문제였다.

"잘 보아라."

그 순간 지케라의 학살이 시작되었다.

키아아아아아악!

어디선가 나타난 대규모의 키메라들이 미스토 마을을 공격하기 시작한 것이다. 해당 마을에서 지내는 NPC는 물론이고 유저까지도 처참하게 죽어 나가기 시작했다.

"크크큭. 어떠냐."

"미친놈."

"저 피가 나를 정상으로 올려줄 것이다."

거친 쇳소리가 오늘따라 유독 더 듣기 싫었다.

파괴의 향연은 계속되었다.

30분, 그리고 1시간.

"끝났군."

상당히 컸던 마을이 잿더미가 되었다.

스윽.

지케라가 손을 휘두르자 보랏빛 기운이 뿜어졌고 그 기운은 키메라 전부를 뒤덮었다. 폐허가 된 마을을 거닐던 키메라가 전부 사라졌다.

"돌아간다."

"……."

플라이 마법을 펼친 지케라가 빠르게 날아갔고 무혁은 둥실 떠올라 허공에 누운 채로 그의 옆에서 함께 이동했다.

지케라가 지고 있는 해를 확인했다.

한 군데 더 들러야 하나.

고민하던 그는 무혁을 바라보더니 웃었다.

그래, 네 녀석이 있으니. 아직 못다 한 연구 몇 가지를 서둘러 마무리 짓기로 결정을 내렸다.

그러면 보다 더 뛰어난 능력의 키메라를 만들어낼 수 있을 테니까.

그럼 앞으로의 계획 역시 한층 더 수월해지리라.

미래를 꿈꾸며 속도를 한층 더 높이는 지케라였다.

잠시 후. 새로운 은닉처에 도착한 지케라가 무혁을 돌침대에 묶었다. 또다시 실험체가 된 무혁이었다.

"홀드."

목구멍을 타고 흐르는 액체.

몸이 급격하게 무거워졌다.

[30분간 무기력증에 시달립니다.]
[무기력증으로 모든 능력치가 20퍼센트 하락합니다.]

무혁의 미간이 찌푸려졌다. 30분이라는 제한시간이 있으니 망정이지, 아니었다면 일루전 본사를 찾아갔을지도 모를 정도로 엄청난 디버프였다.

지케라는 무혁의 신체 능력을 점검하여 디버프 수준을 파악했고 능력이 돌아오기를 가만히 기다렸다.

"돌아왔군."

새로운 액체가 내부를 휘젓는다.

[어둠으로 발전하는 물약을 복용했습니다.]
[랜덤으로 스킬을 고릅니다.]
[강력한 활쏘기의 스킬 레벨이 3만큼 하락합니다.]

설마 스킬 레벨이 떨어질 줄이야.

생각지도 못했던 상황이라 당황스러움이 먼저 솟구쳤다. 뒤이어 노력의 일부가 물거품으로 돌아간 것에 대한 허무함이 찾아왔다. 다음으로 가슴 깊은 곳에서 끝도 없이 갈고 있는 분노의 비수가 한층 더 예리해졌다.

마지막으로 그 모든 것이 깊이 침잠하며 애써 무심함을 가장한다. 이후로도 몇 번의 실험을 더 거치고서야 겨우 죽을 수 있었다.

　치이익.

　캡슐에서 나오자마자 성민우에게 전화를 걸었다.

　신호만 갈 뿐, 받지 않았다.

　예린이는?

　그녀 역시 받지 않았다.

　"……."

　고민은 짧았다. 즉시 일루전 홈페이지에 접속해서 글을 작성하기 시작했다.

[제목 : 에피소드 1, 흑마법사 지케라의 두 번째 목적지.]

[내용 : 반갑습니다. 현재 지케라에게 붙잡혀 있는 무혁이라고 합니다.

　일루전TV를 보셨던 분들이라면 알고 계시겠지만 놈의 술수에 말려 캐릭터가 사라지지 않는 현상이 발생했고 그 탓에 실험체로 지내고 있습니다.

　그러다 오늘, 놈이 미스토 마을을 파괴하는 걸 두 눈으로 확인했습니다. 두 번째 목적지가 어디인지 중얼거리는 것 역시 들었습니다.

　저는 퀘스트에 참가한 분들이 귀족들에게 그 상황을 알려주기를 바랍니다. 지케라, 놈의 두 번째 목적지는 마법사가 많기로 유명한 카르벤 왕국, 그 왕국에 속해 있는 가장 큰 마을, 와덴입니다.

　믿지 못하는 분이 계실까 싶어 증거로 스샷을 남깁니다.]

"후우."

이로 인해서 작성자 아이디 K.Mu의 정체가 무혁임이 드러나겠지만 상관없었다.

계속해서 숨겨야 할 정도로 악한 짓을 했던 적도 없고 또한 부끄러운 짓을 한 적도 없었으니까.

제발, 막아라.

진심으로 바라며 반응을 살폈다.

제6장
고생 끝에 낙이 오다?

무혁이 올린 글은 빠르게 조회 수가 증가했다.

-어설픈 : 워, 무혁 님이셨군요? 예전부터 꾸준하게 써오셨던 몬스터 공략법, 잘 보고 있습니다. 설마 무혁 님인 줄은 몰랐네요.ㅎㅎ 그리고 일루전TV도 잘 봤고요. 마지막에 잡혀 있는 거 보고 많이 충격을 먹기도 했었죠. 아무튼, 다음 위치가 드러났으니 부디 잘 해결되길 바랍니다!

-버네너 : 와, 대박이다.ㅋㅋㅋㅋ 진짜 잡혔네요. 스샷 보니까 확실한 듯.

ㄴ어설픈 : ㅇㅇ, 일루전TV로 봤기에 확실해요.

ㄴ기틀 : 음, 이게 진짜면 귀족에게 말을 해야겠네요.

-매스커프 : 저도 아는 귀족한테 언급은 해두겠습니다.

-네네 : 진짜임? 구라 같은데.

ㄴ초고 : 모르면 걍 조용히 있으세요.

ㄴ네네 : 싫은데요. 누가 봐도 조작이잖슴. 잡혀서 실험체라니, 무

슨.ㅋㅋㅋ
　　└초고 : 차단, 신고.
　　└네네 : 반사.
　└파블 : 제 친구 퀘스트에 참여했는데 말해둬야겠네요. 정보 감사
합니다ㅇㅎ

댓글이 빠르게 달렸다.
수시로 F5를 눌러서 새롭게 달린 댓글을 확인했다.
"다행이네, 그나마."
일부를 제외하면 대부분이 긍정적인 내용이었다.
드드드.
마침 성민우한테 전화가 걸려왔다.
"어."
-전화했더라고.
"전할 게 있어서."
-뭔데?
"미스토 마을 파괴된 건 알지?"
-알지. 안 그래도 그거 때문에 난리다.
"다음 목적지 카르벤 왕국의 와덴 마을이야."
-뭐? 와덴 마을? 진짜?
"어, 붙잡혀 있다가 우연히 들었어."
-헐, 대박. 이거 지금 바로 아뮤르 공작한테 말해야겠다!
"그래, 부탁 좀 하자."

-오케이, 다시 접속한다!

"그래."

통화를 종료한 무혁은 안도했다.

할 수 있는 건 다했어.

이 정도로 알려줬으면 충분히 막아낼 수 있으리라.

이래도 못 막으면…….

그건 정말로 병신인 거고.

기다리자.

무혁은 거실로 나와 소파에 앉았다.

"나왔어?"

"응."

"조금 있으면 밥 먹어야 하니까 기다리고 있어."

"TV 보고 있을게."

"그러렴."

TV를 틀고 채널을 돌렸다.

-현재 에피소드 1을 깨뜨리기 위해 많은 랭커 유저분이 모였는데요. 갑자기 상황이 어수선해졌죠?

-네, 일부 유저가 갑자기 귀족에게 향했거든요.

-전할 말이라도 있는 걸까요.

-글쎄요. 일단 상황을 지켜볼 필요가 있을 것 같아요.

-부디 좋은 방향으로 흘러서 더 이상의 피해가 없기를 바랄 뿐이에요. 아무리 NPC라고는 하지만 그래도 그들도 생각하

는 존재잖아요. 이곳 일루전에서는 그들 역시 인간이라는 생각이 드는데, 이런 제가 너무 감상적인 걸까요?

-아니에요. 그 문제로 지금도 많은 이들이 갑론을박을 펼치고 있으니까요. 겨우 NPC인데 뭐가 그렇게 심각하냐는 분도 있고. 직접 대화를 주고받으면 그들이 단순한 NPC가 아니라는 사실을 알 수 있다고 외치는 분도 있죠. 살아 있는 생명체라면서 허무한 죽음에 분노하는 분이 더 많으니 하란 씨의 생각은 절대 잘못된 게 아니에요.

-고마워요.

-아, 마침 귀족에게 향했던 유저들이 돌아오고 있네요.

-직접 가서 물어보도록 할게요!

MC 하란이 유저에게 다가갔다.

-안녕하세요!

-아, 네.

-저는 일루전 탐험에서 MC를 맡고 있는 하란이라고 해요.

-잘 보고 있어요.

-그럼 몇 가지 질문, 괜찮을까요?

-그럼요.

-먼저 자기소개부터 부탁드릴게요!

멋들어진 갑옷을 입고 있는 사내가 카메라를 보며 웃었다.

-현재 5천 랭커에 든 칼치라고 합니다.

-네, 칼치 님. 아이디가 되게 재밌으시네요. 자, 그러면 본론으로 돌아가서. 지금 갑자기 상황이 어수선한 거 같은데요. 혹시 그 이유를 물어봐도 될까요?

-아, 그건 홈페이지에 올라온 무혁 유저의 게시물 때문인데요.

-무혁 님이요?

-그분이 올린 글에 흑마법사 지케라의 다음 목적지가 적혀 있었거든요.

-와, 정말요?

-네, 그래서 귀족들에게 언급하고 오는 길이죠.

-귀족들이 받아들이던가요?

-한두 사람이 그러면 모르겠지만 최상위 랭커 다수가 의견을 피력하니까 귀족들도 고개를 끄덕이더라고요.

-그럼……

-네, 지금 그곳으로 향해 미리 자리를 잡고 숨어 있기로 했어요.

-다행이네요, 진짜!

-아, 지금 출발하려나 보네요. 가볼게요!

-인터뷰, 감사해요. 힘내세요!

MC 하란이 자리로 돌아왔다.

-이야기는 잘하셨나요?

-네, 지금 출발한다고 하니까 저희도 따라가 보죠!

-좋아요!

그 모습을 지켜보는 무혁은 자기도 모르게 각지를 낀 상태였다. 절로 힘이 들어갔는데 그 정도로 간절히 바라고 있었다.

지케라, 놈이 죽어버리기를.

이후로도 무혁은 TV에 집중했다.

-열심히 따라온 결과 저희는 지금.

-카르벤 왕국, 그곳에서도 가장 크다고 알려진 와덴 마을에 도착했습니다.

-저기 NPC와 유저들 보이시나요?

-사방으로 퍼지고 있네요.

-네, 게다가 마법사가 기척을 줄이고 정령사가 모습마저 투명하게 만들었거든요. 여기에 NCP와 유저들이 위치한 곳 앞에 허상 마법까지 펼쳤네요. 나무와 바위가 절묘하게 위치하면서 그들의 모습을 가렸어요.

-에, 저 마법사는 뭐 하는 거죠?

-아이템을 사용하는데요?

들고 있던 지팡이에서 빛이 뿜어졌다.

-뭘까요?

-가서 물어보도록 하죠!

답은 금방 알 수 있었다.

-와, 이 아이템은 일정 범위 안에서 펼쳐진 마나의 기류를 느끼지 못하게 만든다는군요.

-이러면 정말 못 찾겠는데요?

-절대로 못 찾죠. 이제 흑마법사가 등장하는 순간…….

-어떻게 될지 말하지 않아도 알겠죠?

두 명의 MC가 미소를 지었다.

-어서 그 순간이 오기를 기다려 보죠!

곧이어 촬영하는 이들 역시도 기척이 사라졌고 또한 모습이 투명해졌다.

고요한 가운데 상당한 시간이 흘렀다. 나타나지 않는 것인가 하는 의구심이 스멀거리며 피어오를 즈음.

휘이잉.

희미한 형체가 저 멀리에서 보였다.

왔다…….!

모두가 그렇게 생각하는 순간.

휘이이잉.

보랏빛 기운과 함께 사방에서 키메라들이 생성되었다.

"무너뜨려라."

지케라의 거친 쉿소리가 퍼졌고.

키아아아악!

키메라들이 와덴 마을로 질주했다.

정말 중요한 장면이었기에 숨조차 죽인 채 집중했다.

잡아라, 잡아……!

지케라와 키메라가 빠르게 가까워졌다.

꿀꺽.

침이 절로 삼켜지고.

그 순간 지케라가 사정거리에 들어섰다. 직후 주변에 숨어 있던 이들이 모습을 드러내었다. 그 장면이 참으로 역동적으로 잡혔다.

완벽한 포위망의 형성.

됐어!

이 정도라면 기대해도 좋으리라.

지케라는 기묘하게 비틀어진 미소를 짓고 있었다. 로브에 덮여 완벽하게 보이진 않았지만 그것만으로도 무혁은 알 수 있었다. 충분히 당황하고 있다는 것을.

개 같은 자식. 그동안 실험당한 걸 생각하면 이가 갈렸다.

끝내자, 제발 좀. 더 이상 실험체로 지내긴 싫었다.

버려진 시간, 그리고 버려질 시간. 줄어든 능력. 그리고 줄어들 능력을 떠올리면 절로 고개가 저어졌다.

-전투가 보이시나요?

-키메라가 정말로 강력한데요.

-위험해 보여요.

-하지만 이곳에 모인 NPC와 유저들 역시 전과는 확연하게 다른 수준이니 걱정하지 않아도 될 거예요. 왕국과 제국에서 왕과 황제를 호위한다는 기사단은 물론이고 정령사와 마법사, 사제, 연금술사와 각종 특이한 직업을 지닌 실력자가 대거 모였거든요. 뿐인가요? 유저들 역시 140레벨 이상의 최상위 랭커만 참여했잖아요. 그 수도 어마어마하고요. 키메라와 흑마법사가 아무리 대단해도 지금 상황에선 어쩔 수 없다고 생각해요.

-와, 숨도 안 쉬고…….

-하하, 그랬나요?

-네, 속사포 랩을 듣는 것 같던데요?

-부끄럽네요.

-엇, 지금 키메라가 뭉치고 있어요!

-음…….

일부 키메라가 서로를 끌어안았다.

합체?

그리곤 하나가 되더니 보다 강력한 존재감을 뿜어대며 주변 기사와 유저들을 몰아붙였다.

하지만 곧이어 뿜어진 마법사들의 공격에 키메라의 신체가 너덜너덜해졌다.

-급이 다른 파괴력이네요.
-정말 대단해요!

전투는 절정으로 치달았다.

-확실히 대단하기는 하네요.
-NPC와 유저들이 상당한 피해를 입었죠?
-네, 특히 유저는 대부분이 죽었고요.
-하지만 흑마법사 지케라 역시 피해를 상당히 입었고 키메라도 대부분 처리된 상황이네요. 남은 NPC들이 충분히 제압할 수 있을 것 같아요.
-아, 그런데……!

갑자기 지케라가 발광하기 시작했다.
파괴적인 마법들의 향연이었다.
쾅, 콰과과과광!
공격을 당한 기사단도 상당한 피해를 입었다.
저건……!
무혁의 미간이 찌푸려졌다.

압도적인 마법을 보여주는 것에서 끝난 게 아니었다.

지케라는 강력한 마법을 보여줌으로써 시간을 끈 것이다.

그사이 어둠이 사방에 내려앉았다. 화면까지도 검게 변할 정도의 짙은 어둠이었다.

-아, 아무것도 안 보여요!

-이건 뭘까요?

-아무래도 공격이 아닐까요?

-으음…….

잠깐의 어둠과 적막.

…….

직후 고막이 먹먹하게 울리는 느낌과 함께 진동이 발생했다. 화면이 크게 뒤흔들림과 동시에 환한 빛이 시야를 가득 채웠다.

-아……!

-이, 이런!

그리고 쓰러진 일부 NPC가 보였다.

그나마 다행이라면 마법사와 정령사들이 각종 보호 마법으로 도배를 한 덕분인지 피해가 생각만큼 크지는 않다는 사실이었다.

그에 반해서 지케라는 지친 표정으로 어깨를 들썩이고 있었다.

-플라이······.

거친 쉿소리가 은은하게 울리고.
파앗.
놈이 등을 돌린 채 달아나기 시작했다. 어둠이 내려앉은 탓에 포위망의 일부가 구멍이 나버렸기에 지케라는 무리 없이 도망칠 수 있었다. 뒤늦게 추격대가 꾸려졌지만 이미 지케라는 상당히 멀어진 상태였다.

-흔적을 좇아라.
-예!
-절대로, 놓치지 마라.
-명을 받듭니다!

말에 탑승한 채 질주하는 추격대를 마지막으로 프로그램이 종료되었다.

24시간 패널티가 끝난 후에도 여전히 추격 중이라는 소식을 전해 들은 무혁은 곧바로 접속하지 않고 최대한 시간을 끌었다.

하지만 하루가 더 지났음에도 불구하고 아직 잡히지 않은 탓에 더 이상 접속을 미룰 수가 없었다.

[새로운 세상에 오신 것을 환영합니다.]

눈을 뜨니 초췌한 몰골의 지케라와 그의 손에 들린 각종 약품이 보였다.

"의식이 돌아왔군. 몇 초만 늦었어도 여기 있는 모든 약품을 쏟아부으려 했건만. 크큭."

그 말에 절로 긴장감이 솟아났다.

다, 다행이야.

순간 그런 생각을 하는 스스로가 한심해졌다.

하, 이걸 다행이라 여기다니.

물론 거대한 불행보다는 작은 불행이 현재 상황에선 최대한의 이득임을 결코 부정할 수는 없었다.

그래도 화가 나고 어이가 없는 건 어쩔 수 없었지만.

"물론 크게 달라질 건 없겠지만."

"뭐……?"

"상황이 좋지 않으니 별수 없지."

지케라가 네 가지 약품을 꺼냈다.

하나같이 검은 색깔이었다.

"부디, 효과가 있기를 바라마. 홀드."
그리곤 무혁의 입으로 그 네 가지 액체를 동시에 부어버렸다.
꿀꺽, 꿀꺽.
뜨거운 감각이 서서히 차올랐다.

[어둠으로 나아가는 물약을 마셨습니다.]
[공격력이 영구적으로 20 하락합니다.]
[어둠으로 단단해지는 물약을 마셨습니다.]
[방어력이 영구적으로 15 하락합니다.]
[마법 방어력이 영구적으로 20 하락합니다.]
[화상 물약을 마셨습니다.]
[전신이 불에 탑니다.]
[지속적으로 피해를 입습니다.]
[냉각 물약을 마셨습니다.]
[전신이 얼어붙습니다.]

각종 능력치들이 떨어졌다, 그것도 너무 많이.
분노가 머리끝까지 차올랐지만 할 수 있는 게 없었다.
여전히 물약은 들이 부어졌다.

[혼란 상태에 빠집니다.]
[3초간…….]

몇 개의 물약이 더 부어졌을까.

또다시 스탯이 떨어졌고 앞으로 또 얼마나 떨어질 것인지, 그로 인해 어쩌면 지금 사용하는 캐릭터를 포기해야 할지도 모른다는 두려움이 엄습할 즈음.

[히든 피스를 발견했습니다.]
[대량의 명성(10,000)을 획득합니다.]
[흡수했던 '어둠의 힘'이 융화됩니다.]

지금까지와는 다른 메시지가 떠올랐다.

어둠의 힘……?

연이어 남은 메시지가 떠올랐다.

[탄생된 것이 아닌 제작된 어둠의 힘은 융화의 과정에서 변이를 일으켰습니다. 능력치의 일부가 새로운 방향으로 조정됩니다.]
[HP가 영구적으로 3,000 상승합니다.]
[HP 회복률이 영구적으로 300 상승합니다.]
[방어력이 영구적으로 150 상승합니다.]
[마법 방어력이 영구적으로 200 상승합니다.]
[충격 흡수율이 영구적으로 5% 상승합니다.]
[스킬 '어둠 정령 소환'을 획득합니다.]
[스킬 '어둠의 힘'을 획득합니다.]
[칭호 '어둠을 흡수한 자'를 획득합니다.]

갑작스러운 내용이 머리를 어지럽혔다.

이, 이건 또 뭐야?

내용을 하나씩 확인하던 무혁의 눈이 조금 커졌다. HP와 방어력이 엄청난 수치로 올랐다. 거기에 새로운 스킬까지.

하지만 그간의 손해를 만회할 정도는 아니었지만 그래도 이게 어디인가라는 생각도 들었다.

맞바꾼 건가.

캐릭터를 포기하지 않아도 된다는 안도감이 들었다.

"과연 이번엔 얼마나 재밌을지. 크큭."

지케라가 중얼거렸지만 귀에 들리지 않았다.

칭호는 어떤 거지?

일말의 기대를 안고서 옵션을 확인했다.

[어둠을 흡수한 자]

공격 속도 +15%

이동속도 +15%

모든 능력치 +5%

모든 스탯(20) 상승

모든 스킬 레벨 +1

공격력(40) 상승

방어력(40) 상승

마법 방어력(50) 상승

???(봉인 상태)

숨이 멎을 지경이었다.

허업······.!

기대를 훌쩍 뛰어넘는 수준의 옵션이었다. 이 칭호 하나로 인해서 모든 것이 바뀌었다. 실험체로 지내면서 줄어들었던 능력치 전부가 오히려 크게 상승해 버린 것이다.

모든 능력치가 5퍼센트, 모든 스탯이 20개.

영구적으로 떨어진 것을 감안하더라도 엄청난 수준으로 뛰어버렸다. 전과 비교할 수 없을 정도로 강력해졌음을 지금 이 순간에도 느낄 수 있었다.

게다가 마지막 글귀. 봉인 상태.

그 문구가 가슴을 뛰게 만들었다.

두근, 두근.

한동안 멍하니 있던 무혁은 고개를 몇 번이나 흔들고서야 겨우 정신을 차렸다.

스킬 확인.

[어둠 정령 소환]
어둠의 힘을 지닌 정령을 소환한다.

[어둠의 힘 1Lv]
어둠의 기운을 주변으로 퍼뜨려 일정 범위(반경 10미터)내에 존

재하는 적대관계 생명체에게 지속적인 고정 대미지(초당 20)를 입히고 입힌 피해의 일부(10퍼센트)를 HP와 MP로 흡수한다.

-사용하는 즉시 MP 100 소모, 유지할 경우 초당 1의 MP 소모.

어둠 정령 소환이야 상세하지 않아서 넘어간다고 하더라도 어둠의 힘 스킬은 달랐다. 상세한 설명이 머릿속에 각인될수록 어떻게 사용해야 할지, 또 이로 인해 어떤 결과가 나타날지 상상되었다. 그야말로 압도적.

무혁은 자기도 모르게 눈을 지그시 감아버렸다.

"크큭, 포기한 거냐."

지케라가 웃으며 무혁의 신체 능력에 어떤 변화가 일어났는지 살펴보기 시작했다.

물론 무혁은 그 부분에 대해선 조금도 신경 쓰지 않았다. 그저 차오르는 희열을 온몸으로 만끽할 뿐이었다.

지케라에게 실험을 당하면서 쌓였던 스트레스가 한 번에 풀어진 기분이었다.

무혁은 지케라가 당황할 즈음이 되어서야 눈을 떴다.

"이, 이게 어떻게 된 것이냐……!"

지케라가 외쳤다.

"이게, 도대체!"

거친 쇳소리가 울렸으나 무혁은 웃었다.

"뭐가?"

"시, 신체 능력이. 신체 능력이 어찌 이렇게도……!"

"네가 한 거잖아, 병신아."

무혁의 거친 말에 지케라가 미간을 찌푸렸다.

"아니지, 아니야. 그래."

이내 고개를 끄덕이는 그였다.

"널 괴롭히는 것도 재밌었지만……."

결국 그의 목적은 결국 키메라의 강화였다.

"그래, 네 녀석에게 실험한 순서 그대로 키메라에게 적용을 시키면 되겠군. 그럼 지금보다 훨씬 강력해진 아이들로 대륙을 무너뜨릴 수 있겠어. 크큭, 너는 더 이상 쓸모가 없으니 여기서 사라져야겠구나."

지케라의 손에 강력한 힘이 모여들었다.

"다시 의식을 차렸을 때, 네 녀석은 절망을 맛보게 될 것이다."

"절망?"

"그래, 내가 그리 만든 후에 떠날 테니까."

괜한 말을 할 녀석은 아니었다.

또 무슨……?

불안감이 엄습함과 동시에 지케라가 손을 들어 올렸다.

"그럼 죽어라."

그의 손이 휘둘러지려는 순간.

"흡!"

갑자기 지케라가 몸을 틀었다.

푸욱.

어디선가 날아온 한 대의 화살이 이미 지케라의 어깨를 꿰뚫은 상태였다. 공격 마법을 펼친 탓에 실드를 사용하지 못한 것이었다.

"감히……!"

동시에 주변 공간이 크게 흔들렸다.

쿠구구궁.

실험실의 벽이 무너지면서 NPC로 이뤄진 추격대가 등장했다.

벽을 부수고 등장한 추격대가 거리를 좁혔다.

"절대로 놓치지 마라!"

"예!"

그들은 기합을 디뜨리며 지게라를 압박했다. 전투가 벌어지는 동안 누군가가 묶여 있는 무혁에게 다가갔다. 추격대에서 2조장을 맡고 있는 기사였다.

"자네는……?"

"무혁이라고 합니다."

"무사했군."

"절 아십니까?"

"아뮤르 공작님과 만나는 걸 전에 본 적이 있었지."

"아……."

"일단 쇠사슬부터 풀도록 하겠네."

기사가 검을 휘둘렀다.

철컥.

단단한 쇠사슬이 생각보다 쉽게 끊어졌다.

"감사합니다."

자유의 몸이 된 무혁은 고개를 돌렸다.

"물러서지 마라!"

"감히, 네까짓 것들이!"

"방패!"

치열한 접전을 벌이는 지케라의 모습이 눈에 들어왔다.

상황만 본다면 절대로 지케라는 이 추격대로부터 도망칠 수 없을 것 같았다.

기회다.

무혁은 복수에 앞서 먼저 스스로의 상태를 확인했다.

[기본 스탯]

힘 : 133 / 민첩 : 109 / 체력 : 118

지식 : 67 / 지혜 98

보너스 스탯 : 0

스탯의 상승치가 상당했다.

실험체가 되기 전과 비교해도 매우 높은 수준이었다.

이걸 고맙다고 해야 하나.

이내 고개를 젓는다.

실험을 당하면서 시달렸던 마음고생을 생각하니 다시금 분노가 치솟았다. 스탯이 오른 건 오른 거고, 갚을 건 갚아야 하지 않겠는가.

그 과정에서 죽어도 좋다?

그런 생각 따위는 조금도 없었다.

한 방을 먹이되 더 이상은 지케라에게 죽고 싶지 않았기에 보다 더 안전을 확신하고 싶은 마음이 컸다.

상세 정보.

[상세 정보]

HP : 10,850

분당 회복률 : 878

MP : 6,950

분당 회복률 : 1,152

물리 공격력 : 612

마법 공격력 : 467

방어력 : 519

마법 방어력 : 467

······.

예상대로였다. 칭호로 인해서 HP가 1만이 넘어버렸다.

방어력도 괴물 수준이었고. 충격 흡수는 총 20퍼센트.

여기에 최상급 방패까지 사용한다면 충격 흡수가 무려 90퍼센트에 달하게 된다.

웬만한 유저의 대미지로는 흠집도 나지 않게 된 것이다.

가히 좀비라고 불리어도 손색이 없는 수준이었다.

물론 상대방이 방패가 아닌 다른 부분을 공격한다거나, 혹은 절삭력 옵션이나 관통 옵션을 지니고 있다면 이야기가 달라질 것이다. 그러나 그걸 감안하더라도 엄청난 탱킹 능력을 보유하게 된 것은 명백한 사실이었다.

웬만해선 안 죽어.

확신하게 된 무혁의 눈매가 차갑게 가라앉았다.

"무너진다!"

그 순간 연구소가 무너졌다. 잔해를 피하며 뒤로 물러난 후 뚫려 버린 위쪽 공간으로 올라갔다.

초원? 의외의 장소였다.

나한텐 좋지.

무혁은 차갑게 웃으며 스켈레톤을 불렀다.

"소환."

군마를 제외한 나머지 117마리가 나타나 드넓은 초원을 채웠다. 먼저 소환수를 지휘하여 자리를 잡았다.

치열한 접전을 펼치고 있는 곳에 끼어들기는 애매했지만 적어도 지케라가 도망치지 못하도록 넓은 원을 그리는 포위망을 구축할 수는 있었다.

"어둠 정령 소환."

이후 정령을 소환하고 상태를 확인했다.

이름 : 어둠의 정령

레벨 : 1

정신 공격력 : 50

순수한 어둠, 그 깊은 곳에서 탄생한 정령으로 정신적인 타격을 준다. 정신이 타격을 입으면 육체 역시 고통받는 법, 어둠 정령의 모든 공격은 방어력에 상관없이 적용된다.

스킬 : 공포 자극.

[공포 자극]

내재되어 있는 공포심을 자극하여 3초간 경직 상태에 이르게 한다. 경직 상태에 빠진 존재는 초당 정신 공격력×150퍼센트의 피해를 입게 되며 외부 공격을 당할 때마다 추가로 15퍼센트의 대미지를 입게 된다.

레벨이 1이라 대미지는 좋지 않았지만 성장 가능성이 매우 높았다. 방어력에 상관없이 대미지를 준다는 점과 공포 자극 스킬이 아주 마음에 들었다. 외형도 마음에 들고.

둥근 모양의 검은 연기랄까. 묘한 매력이 있었다.

"앞으로 네 이름은 어둠이다."

어둠의 정령의 이름을 어둠으로 수정했다.

[정령 '어둠의 정령'의 이름이 '어둠'으로 변경됩니다.]

공포 자극.

쏘아진 어둠은 지케라에게 흡수되듯 사라졌다.

"크, 크으……!"

갑자기 그가 동작을 멈췄다. 경직에 빠진 것이다.

풍폭, 강력한 활쏘기.

이미 목표물을 겨냥하고 있던 무혁이 시위를 놓았다.

파앙!

쏘아진 한 대의 화살이 기사와 기사의 작은 틈, 그 절묘한 공간을 파고들어 지케라의 로브를 꿰뚫고 미간에 꽂혔다.

[크리티컬이 터집니다.]

[1,190의 대미지를 입힙니다.]

[공포 자극으로 인해 178의 추가 대미지를 입힙니다.]

[추가로 2,142의 대미지를 입힙니다.]

[공포 자극으로 인해 322의 추가 대미지를 입힙니다.]

[특수 상태 이상 '과다출혈'이 발동됩니다.]

어둠이 사용한 공포 자극 스킬의 효과가 상당했다.

엄청나잖아……!

지케라 역시 충격이 컸는지 로브 아래, 살짝 보이는 눈동자가 흔들리고 있었다.

"후우."

그 모습에 스트레스가 풀렸다.

한 방은 먹였어.

하지만 남은 스트레스가 완전하게 사라진 건 아니었다.

분노의 찌꺼기를 확실하게 치워 버리기 위해 다시 한번 움직였다. 화살의 촉에 혼란의 물약을 묻힌 후 시위에 걸고 가만히 기회를 엿본다.

"크하아아압!"

지케라가 남은 힘을 쥐어짜 내어 강력한 마법을 사용했다.

"물러서라!"

"대열은 유지하도록!"

"예!"

물러나는 기사들을 바라보며 비릿하게 웃더니 어둠의 마법을 준비했다.

저 어둠이 쏟아지면 추격대에 속한 기사들은 물론 소환수와 무혁도 무사하지 못할 것이 분명했다. 그렇기에 서둘러 명령을 내렸다.

부르탄, 기파.

강력한 기파가 지케라를 휩쓸었다.

비틀거리는 지케라.

파앙!

화살이 다시 한번 지케라에게 꽂혔다.

[상대방에게 혼란의 물약이 적용됩니다.]

3초간 신체 지배력을 잃었다.

"지금!"

무혁은 외쳤고 그 소리에 호응하듯, 추격대장이 나아가며 검을 내리그었다. 내리꽂히는 검을 바라보면서도 지케라는 아무것도 할 수 없었다.

[흑마법사, 지케라를 처리하셨습니다.]
[대량의 명성을 획득합니다.]
[대량의 경험치를 획득합니다.]
[레벨이 상승합니다.]

[에피소드 1이 완료되었습니다.]
[에피소드 2가 시작됩니다.]
[칭호 '변화를 목격한 자'를 획득합니다.]

에피소드 2가 시작되었다. 물론 당장 거대한 뭔가가 벌어지는 건 아니다. 몇 가지의 자연스러운 과정을 거치고 나면 본격적인 사건들이 발생하게 되리라.

치열했었지. PK가 치열해지는 시기이기도 했고.

그때가 되면……

인벤토리에서 단검을 꺼냈다.

[백마군의 붉은 단검]

[갈취하는 손(항시 적용)]

마지막 일격을 가할 경우 상대방의 스탯을 랜덤으로 뺏어온다.(단, 몬스터에게는 적용되지 않는다.)

　　이 단검을 사용할 수 있게 되리라.

to be continued